Bill Cardoso
Rummel im Dschungel

Bill Cardoso, 1937 geboren, wuchs in Boston auf und arbeitete für den *Boston Globe* als Reporter. Er erlangte 1968 nationale Reputation für seine Berichterstattung des McCarthy-Wahlkampfes. Als freier Journalist schrieb er u.a. für *Harper's Weekly, Ramparts* und den *Rolling Stone*. 2006 starb er an Herzversagen.
Trotz intensiver Recherche konnten keine Rechtsnachfolger der Texte von Bill Cardoso ausfindig gemacht werden. Wir bitten diese darum, sich mit dem Verlag in Verbindung zu setzen.
Der Artikel »Zaire« stammt aus dem Buch »The Maltese Sangweech & Other Heroes«, New York 1984

Edition
TIAMAT
Deutsche Erstveröffentlichung
Herausgeber:
Klaus Bittermann
2. Auflage: Berlin 2014

www.edition-tiamat.de
Druck: cpi-books, Leck
Umschlagentwurf: Felder Kölnberlin
ISBN: 978-3-89320-193-8

Bill Cardoso

Rummel im Dschungel

Mit einem Nachwort von
Klaus Bittermann

Aus dem Amerikanischen und
mit Fußnoten versehen von
Franz Dobler

Critica
Diabolis
220

Edition
TIAMAT

To the people who helped
When my lips were chapped

Fünfzig Tage und fünfzig Nächte im Kongo. Ich habe alles gesehen: die Mitglieder einer High-Life-Band zeigten mir eine Kobra in einem offenen Abwasserkanal im Stadtteil Zone Lemba; ein Taxifahrer zeigte mir das Pygmäen-Haus; ein Mann brachte mir die sechs Meter lange Haut einer Python, die er neulich gekillt hatte, und war wirklich enttäuscht, als ich sie nicht kaufen wollte. Sie zeigten mir Sachen und gaben mir Sachen und nahmen mich zu bestimmten Orten mit. Die Menschen aus dem Volk machten das. Sie nahmen mich mit zu sich nach Hause. Auf der anderen Seite war es die Regierung, die mir Sachen wegnahm. Ein Regierungsbeamter hielt mich eines Tages ziemlich unfreundlich auf, als ich an seinem Tisch im Intercontinental vorbeiging, und sagte: »Sie sind hier, um über einen Boxkampf zu schreiben, und nicht über ein Volk!« Die Regierung nahm mir meinen Pass weg und gab ihn mir nie zurück. Und die Regierung nahm mir mein Rückflug-Ticket weg, das von der New Times *im Voraus bezahlt worden war und achthundert Dollar gekostet hatte. Co-Promoter John Daly brachte mich am Tag nach dem Kampf auf seine eigenen Kosten raus. Den Vater von John Daly hielten sie am Flughafen auf. George Foreman hielten sie am*

Flughafen auf, vielleicht weil er den Kampf verloren hatte. Sie hielten auch die Muhammad-Ali-T-Shirts auf, die Bundini verkaufen wollte, weil in Zaire nur für einen Führer Platz ist: Mobutu, unterstützt vom CIA. Ich bin davon überzeugt, dass mir der örtliche CIA-Chef, in der Tarnung eines AID-Offiziellen[1]*, bei einem Abendessen einen mit Drogen versetzten Cocktail untergeschoben hat. Wahrlich, das glaube ich.*

Ich kann mich erinnern, wie Budd Schulberg hektisch mit der Botschaft telefoniert, und wie dann der für politische Fragen zuständige Diplomat ankommt, um Budd und Harold Conrad vom Memling Hotel zum Flughafen zu eskortieren. Ich stehe in dem Moment im Hoteleingang, und Budd und Harold schreien zu mir rüber, ich solle mit ihnen abhauen. Wie aus dem Nichts taucht ein gut gekleideter Europäer neben mir auf, stößt mich am Ellbogen und lenkt mich ab. Ah ja! Das hatte ich ganz vergessen! Ein in Kinshasa geborener portugiesischer Geschäftsmann, der mich für diesen Abend zum Essen in sein Haus eingeladen hat. Ich gehe mit ihm. Die Botschafts-Karosse stößt raus und reiht sich in den Verkehr ein, und Schulberg und Conrad starren mich mit offenem Mund an.

Wir spielen Blackjack in der Präsidentenvilla, die man Angelo Dundee zur Verfügung gestellt

[1] AID (auch US-AID): Agency for International Developement (Entwicklung).

hat. Ich stoße meinen Kelch um, der mit dem St. Émilion des Präsidenten gefüllt ist. Ein Butler wechselt das Leintuch. Ich habe in meinem ganzen Leben noch nicht mehr als einen Drink umgestoßen. Aber in dieser Nacht habe ich dreimal diesen Rotwein verschüttet. Dreimal wechselte der Butler das Tischtuch. Meine Mitspieler meinten, ich wäre stoned vom Kongo-Gras. Nein, sagte ich zu ihnen, das ist Voodoo. In diesen Tagen verschütte ich ständig Drinks, und einmal die Woche setze ich, wenn's passiert, ein Grinsen dazu auf und erkläre: »Voodoo.« Die Leute scheinen das zu verstehen. Die immerwährende Macht des Voodoo.

Dann, wie ein Wunder, der Abflug. Der eher wie eine Flucht abläuft. Am Tag danach Mittagessen in New York mit Jon Larsen, dem Chefredakteur der New Times. *Wie hättest du's denn gerne von mir geschrieben, Jon? Mach's genau so, wie du willst, Bill. Okay. Schließlich entschied ich mich, dass die beste Art, diese Story zu erzählen, die wäre, sie müde zu erzählen. Ja, das wäre die perfekte Erzählerstimme: müde. Müde wie ein ausgebrannter Kampfpilot bei der Einsatzbesprechung am Air Force-Stützpunkt Clark, nachdem sie ihn in letzter Sekunde aus dem Hanoi Hilton rausgeholt haben.*[2]

[2] Es war die Endphase des Vietnamkriegs, der ein halbes Jahr später mit der Einnahme Saigons am 30. April 1975 endete.

Ich nahm mir ein Zimmer im Chelsea Hotel, und als ich mich hinsetzte, um mit dem Schreiben anzufangen, passierte etwas Merkwürdiges: Ein Zahn fiel aus meinem Kopf. Als ich den Artikel ablieferte, machte ihn Larsen als blödes Geschwafel nieder. Ich stritt mich herum, aber ich kam damit nicht durch. Novak und seine afrikanische Frau holten mich ab. In ihrem Haus auf dem Land in Connecticut wollte ich versuchen, eine gängigere Fassung zu schreiben.[3] *In Greenwich legten wir einen Stopp ein, um in einem Steakhaus zu abend zu essen. Ich erzählte ihnen von dem Zahn. »Nein, Cardooze«, versuchte mich Victoria zu beruhigen. »Kein Voodoo. Kein Voodoo.« Sie schüttelte den Kopf und runzelte die Stirn. Hör nicht auf sie, sagte später Novak ganz im Vertrauen zu mir. Von ihrem Cousin haben sie acht Zähne genommen. Ich weiß es, weil sie es mir erzählt hat.*

[3] Es konnte nicht herausgefunden werden, ob der hier vorliegende Text diese »more orthodox« Fassung ist. Vermutlich nicht. Lucian Trescott IV, ein Freund des Autors, schreibt dazu in seinem Memoiren-Blog: »Cardosos Rumble in the Jungle-Stück wurde weder in der *New Times* noch sonstwo veröffentlicht.«

Danny Ray alias Big Black, ein Congaspieler aus South Carolina, der seit vielen Jahren in Hollywood lebt, tauchte eines Tages Ende September in der Sporthalle in N'Sele auf, und mit dem Segen von Muhammad Ali fing er an, für ihn zu spielen, in der Hoffnung, damit Alis Gefühl für Rhythmus und Timing zu verstärken. Mehr als einen Monat lang spielte Big Black jeden Tag für Ali. Big Black ist achtunddreißig, und wir haben in dieser Zeit viele Stunden freundschaftlich zusammen verbracht. Er erzählte gern von der Zeit, als er mit Dizzy Gillespie auf dem Newport Jazz Festival 1968 spielte und sie das Ding aufmischten. An einem Tag Ende Oktober versammelten sich eine Menge Sportjournalisten aus der ganzen Welt im Trainingscamp in N'Sele, denn der Kampf sollte, jetzt schon zum zweiten Mal, in Kürze stattfinden. Einer der Schreiber, ein Typ aus London, ging zu Big Black und sagte: »Pardon, Citoyen, Ihr Name, bitte; *vous prenom*?« Und Big Black drehte sich zu ihm um, ohne einen Beat zu verpassen, und antwortete: »Big Black, Mann, aus L.A.« Der Londoner war fassungslos, setzte aber nach einem angemessenen Schweigen nach und fragte: »Und wie nennt man die Trommeln, die Sie spielen?« Und Big Black antwortete:

»Congas, Mann – und das mit ‘nem K.« Mit dem Gefühl, seine Pflicht erfüllt zu haben, kehrte der Schreiber ins fünfzig Meilen entfernte Kinshasa zurück, und im Pressezentrum des Hotel Memling in Downtown schrieb er über seine wunderbare Begegnung mit einem Amerikaner, den er fälschlicherweise für einen hochgewachsenen Zairois gehalten hatte. Der Bericht, den der Londoner bei der Telex-Stelle ablieferte, wurde natürlich von Citoyen N’golo abgefangen, dem Sous-Chef de Presse, oder schlicht Zensor des Gastgeberlandes. Der Schreiber hatte geschrieben, Big Black spiele die Kongo-Trommeln; was vielleicht was über den Stellenwert aussagt, den Trommeln in London haben. Es war klar, dass N’golo das inakzeptabel fand. »Nein, nein, nein, nein«, ermahnte er den Londoner. »Das Sie können nicht sagen – heißt Zaire-Trommeln!« Und am nächsten Tag konnten die Leute in London etwas über Zaire-Trommeln lesen. In Zaire bekommen sie’s auch nicht anders serviert, denn das ist Authenticité.

Authenticité ist etwas, das du in diesem Moment erkennen kannst, im nächsten jedoch nicht. Es ist irgendwas Altes, irgendwas Neues, was Entliehenes oder Blaues. Es ist das, was eben grade passt … und mach dir keine Gedanken über die Karten, die schon abgelegt wurden. Es war vor drei Jahren, als Präsident Joseph Desire Mobutu eines Tages seinen Namen änderte, zu Mobutu Sese Seko Kuku Ngbendu wa Za Banga, was soviel heißt wie, wurde mir jedenfalls gesagt: Der Hahn mit Feuer in seinen Augen, der Blah-Blah und Bloo-Bloo macht und keine Henne unberührt lässt. Und Mobutu befahl allen seinen 19,5 Millionen (oder 22,5 Millionen) Bürgern, ihre christlichen Namen abzulegen, was natürlich die Missionare aufbrachte, die inzwischen seit etwa hundert Jahren im Land waren; sie haben jedoch nicht mehr viel zu sagen, Gott sei Dank. Zusätzlich befahl Mobutu, dass das Land, das in der Vergangenheit viele Namen gehabt hatte, seinen bis zuletzt benutzten Namen Demokratische Republik Kongo, oder auch Kongo-Kinshasa, im Interesse der *Authenticité* in Zaire änderte. Manche vermuten jedoch, dass man's eher umbenannt hat, um die Verwirrung im Rest der Welt zu beenden, zwischen diesem Land und dem Land auf der anderen Seite des Flusses Zaire (ursprünglicher Name: Kongo), das Volksrepublik Kongo genannt wird, oder auch Kongo-Brazzaville, der erste maoistische Staat Afrikas und der Erzfeind dieses Landes.[4] Zum Beispiel war George Foreman in Brazzaville einfach nur deshalb extrem beliebt, weil Ali in Kinshasa so beliebt war. Ich glaube auch, dass George Foreman taktisch gesehen großen Mist gebaut hat, als er seinen Deut-

[4] »Die beiden Kongos wurden durch einen Wettlauf der beiden rivalisierenden Forscher Pierre de Brazza für Frankreich und Henry Morgan Stanley im Namen des Königs von Belgien ins Leben gerufen« (John Oldale in *Doktor Oldales geographisches Lexikon*).

schen Schäferhund Daggo mit in dieses Land brachte, weil ich sicher bin, dass die Leute dabei an die Belgier denken mussten, die dieses Land einmal besessen hatten und es Belgisch-Kongo nannten zu der Zeit als Kinshasa Léopoldville hieß. Der erste dokumentierte Name für dieses Gebiet lautete Nsadi, was auf Kikongo Fluss heißt, eine Sprache, die heute in der Gegend nicht mehr oft benutzt wird. Das sagte man damals, als das Königreich Bakongo blühte, zu dem eine Menge Gebiete des heutigen Angola, Cabinda, Kongo-Brazzaville, Zaire, Ruanda, Burundi und Uganda gehörten. Eines Tages im Jahre 1482 war der portugiesische Schiffskapitän Diego Cao (Cao heißt auf portugiesisch Hund) der erste Weiße, dessen Augen diesen Strom erblickten, den siebtlängsten der Welt, der von der Quelle nahe der Grenze zu Sambia auf einer Länge von 4374 Kilometer bis zum Atlantik fließt, dabei zweimal den Äquator überquert und die (nach dem Amazonas) zweitgrößte Wassermasse ins Meer entlädt, und zu dem mehrere Streckenabschnitte gehören, die wegen der langen und gefährlichen Stromschnellen noch nie befahren wurden, einige sind bis zu hundert Meilen lang und behindern seine Reise zum Meer. Dieser Fluss, der durch Sümpfe und dichten Dschungel fließt, wurde nie ganz erforscht und niemand hat ihn je von seinem Ursprung bis zum Meer befahren. Und die am Fluss liegenden Gebiete wurden zwar kartographiert, zu Fuß jedoch bis heute nicht vollständig erforscht, sie haben immer noch Geheimnisse vor den Menschen, und auch ihren Reichtum an Bodenschätzen hat man noch nicht vollständig erfasst. Viele indigene Krankheiten führen bis heute immer noch zu großem Elend, und das Verkehrsnetz könnte, wie schon in den Tagen von Diego Cao, verbessert werden. Als Cao das erste Mal auf den Fluss starrte, wandte er sich an König Bakongo und sagte: »Vass dis?« Und Bakongo sagte: »Das ist der Nsadi, mein Freund.« Da zückte der Schiffskapitän seinen Bic-Kugelschreiber und den Spiralblock und trug nicht Nsadi ein, sondern Nzadi, was nachfolgende Portugiesen dann weiter verunstalteten, zu Zaire, und fragen Sie nicht, wie's dazu kam, denn wie ich Ihnen schon sagte, hat dieses Land immer noch Geheimnisse vor der Menschheit. Nichtsdestoweniger ist also Zaire der authentische Name, für den sich Präsident Mobutu entschieden hat. Und ich bin mir sicher, das sagt etwas aus über *Authenticité* und Bullshit.

Es gibt jedoch zwei Erscheinungsformen von Authenticité, die meinen uneingeschränkten Beifall haben: dass Mobutu die Schlinge per Gesetz verboten hat (aber führt es zu mehr Authenticité, wenn die Krawatte durch das Ascot-Halstuch ersetzt wird?), und die Anerkennung, dass das seit uralten Zeiten beliebte Rauchen von wildem Hanf authentisch ist … solange es keine Ausmaße annimmt, die der Schaffung eines vereinigten Zaire, eines großen Zaire im Weg stehen.

Davon abgesehen ist alles, woran ich mich erinnern kann, dass ich im Hotel Memling Zimmer 263 hatte und meine Telefonnummer 601 war; und ich bin davon überzeugt, dass sogar das irgendwas über Zaire sagt. Ich kann mich auch daran erinnern, dass die Mitglieder der Pressetruppe aus der ganzen Welt, wenn sie zurückkamen, ihre Berichte ausnahmslos mit den Hyazinthenbüscheln und anderem Strandgut anfingen, das auf dem Zaire unaufhaltsam dem Meer entgegenströmte ... so gut wie jeder schrieb dieses Zeug, und versäumte es dabei, den Leser zu informieren, dass unter jedem Hyazinthenbüschel ein Krokodil grinste. Dies hier sollte – zumindest gab's die Hoffnung – eine Story über den größten »Kampf des Jahrhunderts« aller Zeiten werden, der am bizarrsten Schauplatz aller Zeiten ausgetragen wurde, mit der größten Kampfbörse aller Zeiten, nie dagewesene zehn Millionen amerikanische Dollar, das Doppelte der alten Rekordsumme. Ich hatte geplant, euch mit lustigen Liedern von meinen äquatorialen Krankheiten aufzuwärmen ... meine Malaria, meine Gonorrhoe, Ruhr, Hepatitis, Lebensmittelvergiftung; vom stärksten Marihuana der Welt, das Bangi auf Lingala heißt, der Verkehrssprache in Kinshasa und der offiziellen Militärsprache im französisch sprechenden Zaire, und das eine Verballhornung des nordafrikanischen arabischen Worts Bhang ist; von Ritalin und Opium, die in den Apotheken von Kinshasa über den Tresen verkauft werden;

von der seltsam funktionierenden Gang, die ich während der Flaute mit Cassius Clay Senior bildete, und wie wir uns Bar um Bar und Nacht um Nacht näherkamen und uns durch die Diskotheken tanzten bis zur Morgendämmerung; wie ich aus Versehen mit Alis Trainer Angelo Dundee Affenschädel verspeiste, bis Gene Kilroy, Alis weißer Knecht für alles (»My boy, Gene Kil-roy!«), bemerkte, dass die mageren Hühnerbrüste, über die wir uns beschwerten, während wir sie abnagten, Augenhöhlen hatten und Zähne und uns angrinsten; vom Aufwachen an meinem siebenunddreißigsten Geburtstag – 24. September, der Termin, an dem der Kampf ursprünglich angesetzt war – in einem Pool in Zairehea, und wie ich ihn damit beendete, dass ich im Kinshasa-Casino bewusstlos wurde, weil Tshimpumpu wa Tshimpumpu (was »Sohn von« heißt), der oberste Pressechef des Gastgeberlandes, ein Stammesmitglied der Buluba aus dem zweitausend Meilen entfernten, früher so genannten Katanga, ehe es authentisch in Provinz Shaba umbenannt wurde, mir zu oft mit Champagner zugeprostet hatte, weil es an diesem Tag wegen dem verschobenen Kampf und dem ganzen Drumherum sowieso nicht allzuviel anderes zu tun gab, und weil ich mir zwischen dem Zuprosten zuviele Bangi-Hits verpasste; davon, wie mich ein Musiker von Veve, der besten Band des Landes, mitnahm, um mir eine fauchende Kobra zu zeigen, die es ein paar Tage zuvor irgendwie geschafft hatte, ihr Lager in einem

Abwasserkanal in Zone Lemba aufzuschlagen, einem der vierundzwanzig Stadtbezirke von Kinshasa, zehn Meilen vom Zentrum entfernt; davon, wie es mir mit den guten Beziehungen eines hier permanent (hah!) wohnenden Portugiesen gelang, das Haus zu beobachten, in dem die Pygmäen leben; davon, wie der amerikanische Box-Clan Afrika hauptsächlich aus dem Inneren des Hotel Intercontinental (das PanAm und Mobutu gemeinsam gehörte) betrachtete, das im reichen und prächtigen Gombe lag, einem Vorort von Kinshasa, und davon, dass sie sich fast nie in meinen Teil der Stadt, nach Downtown vorwagten, außer um den Elfenbeinmarkt zu besuchen, um Elfenbein zu kaufen, damit diese Bastarde wieder rausgehen und Elephanten, auch Elephantenbabies abschlachten konnten, um die Lager zu füllen und den Gleichgültigen mehr Elfenbein zu verkaufen; davon, wie der Rest des Box-Mobs Afrika von N'Sele aus betrachtete, dem Rückzugsort von Präsident Mobutu, den man in einen Trainings-Komplex für die Boxer umgewandelt hatte und in dem es viele nette klimatisierte Villen gab und viele Amerikaner, mit denen sich die Amerikaner anfreunden konnten; davon, wie Donald King, ein resozialisierter Killer[5] aus Cleveland und der erste ganz große schwarze

[5] King hatte zwei Männer getötet. 1954 wurde er freigesprochen (Notwehr), 1967 wegen Totschlags zu 15 Jahren verurteilt, die 1971 auf Bewährung ausgesetzt wurden.

Box-Promoter, irgendwie dann doch eines Mittags das Intercontinental verließ, das auch nur irgendein Transit-Hotel irgendwo an irgendeinem Flughafen in irgendeinem Cleveland oder Kuweit ist, und mit seinem Gefolge aus Dolmetschern und Sekretären und Mitgliedern der Boxkommission von Zaire in das Café de la Paix rauschte, während ich an der Bar saß, Bier trank und Samosas aß, kleine indische Fleischtaschen, und darauf wartete, ihn auf mich aufmerksam zu machen, damit er sagen konnte, »Cardo-zah! Mein Mann! Mein Bruder! Überall, wo ich hingehe, treffe ich dich!«, damit ich dann sagen konnte, »Donald King ... was machst 'n du in meinem Viertel!«, damit wir gemeinsam darüber lachen konnten, denn es ist so, manchmal, wenn ich in die großen braunen Augen dieses Mannes sehe, erkenne ich eine Liebe zu allen Menschen, und nicht einfach nur einen Schläger und Zahlenverdreher und schwarzen Rassisten aus Ohio, nicht nur einen 193 cm großen Mann, der hier auffallend fehl am Platz ist, mit seinem dreistöckigen Afro und seinen langen westafrikanischen Roben (mein Gott, Mann!, wir waren hier in Zentral-Afrika ... Donald King hätte hier genausogut ein Marsmensch sein können), sondern ich erkenne auch einen verletzlichen Mann, der Tag für Tag kleiner gemacht und langsam aufgefressen wurde von Mobutus Drecksack für's Grobe, Bula Mandungu, und anderen, wie wir alle kleingemacht wurden, sowohl individuell als auch kollektiv, unserer menschlichen Würde beraubt von den Beamten eines schwarzen, faschistischen Polizeistaats – und überhaupt, was ist denn schon Freiheit? Freiheit ist, was du damit anstellst; auch wenn dann fünfzehn Jahre nach dem Abzug der Belgier ein schwarzer Hitler mit einer Eisenfaust dabei rauskommt ... aber gib nicht mir die Schuld, Jack, kapiert? –, und ich erkenne auch einen unheilbaren Romantiker, denn es stimmt, dass Donald King im Knast, während er vier Jahre auf seine Entlassung auf Bewährung wartete, Shakespeare gelesen hat und was er »Schopenhowzer« und »Sar-tee« nennt, und allein Norman Mailer war bei einem Besäufnis, das die ganze Nacht dauerte, so sensibel, ihn zu korrigieren und sagte »Sart«.

Ich kann mich auch vage an Drew Bundini (Bodini ausgesprochen) Brown erinnern, Alis Sparringspartner[6] für Witze, der gegen das ganze Foreman-Camp eine Zwei-zu-Eins-Wette laufen hatte und dreißigtausend Dollar gewann, die er nach dem Kampf jedoch nicht eintreiben konnte, und wie er in der Lobby des Intercontinental hinter ihnen her war, und wie ich Dick Sadler, Foremans reichen Manager (und wirklich kein

[6] Drew Bundini Brown (1928-1987) stand nicht nur von 1963 bis zum letzten Kampf 1981 in Alis Ecke, sondern fungierte auch als sein Redenschreiber und Dichter, der das berühmte »Flow like a butterfly, sting like a bee...« schrieb und der es als Gelegenheitsschauspieler bis in den legendären Blaxploitation-Film *Shaft* schaffte.

schlechter Kerl), auf der Flucht vor Bodini behaupten hörte, er hätte keine Ahnung, von was zur Hölle er redete.

Aber alles, woran ich mich mit Sicherheit erinnern kann, ist, dass ich im Memling Zimmer 263 hatte und meine Telefonnummer 601 war.

Es war nicht eine der größten Partys aller Zeiten, wie's hätte sein sollen, weil es in dieser Welt Leute gibt, wie den niemals lächelnden Zigarrenraucher und in Moskau geschulten Bula Mandungu und seinen Boss, den angeblich gebildeten und weitgereisten Mobutu, die bewusst das Kommando gaben, die Party zu zerstören. Ich war auf dem Berg, und der Berg ist ein Gangster, und die einzige Farbe, die er kennt, ist das, was wir grün nennen. Es heißt, dass Mobutu innerhalb von zehn Jahren zum siebtreichsten Mann der Welt wurde. Weißt du was? Ich geb einen Scheiß drauf. Wenn ich die Macht hätte, würde ich ihn und diese Sorte Typen in den Wind schießen, ihre zynischen Ärsche aus den U.N. rausschmeißen und die Leute Party machen lassen. Natürlich kann meine Macht nicht mit der von Reynolds Aluminum mithalten, die eine große Fabrik in Zaire planen, oder mit General Motors, die bereits eine hier haben. Das Lingala-Wort für Geld lautet Mbongo, und das M ist fast nicht zu hören. Wenn Sie es korrekt aussprechen wollen, summen Sie das M nur und gleiten schnell zum b von bongo. Mbongo ist das A und O und alles, was dazwischen ist. Lingala ist die Sprache, die aufgrund kommerzieller Notwendigkeit entstanden ist, weil es in Zaire über zweihundert Stämme gibt, die alle ihren eigenen Dialekt sprechen, und die ersten Händler wussten, dass eine gemeinsame Sprache nötig war. Lingala wird entlang des gesamten Flusses und in Kinshasa gesprochen und sonst nirgendwo, obwohl das Wort Kinshasa selbst ein Kikongo-Wort ist, und wenn du fragst, was es bedeutet, kannst du mächtigen Ärger mit der Geheimpolizei bekommen, die wissen will, warum du so viele Fragen stellst und dich daran erinnert, dass du hier bist, um über einen Boxkampf zu berichten und nicht über soziale Bedingungen … und alles, was du gottverdammt nochmal tust, ist zu fragen, was Kinshasa bedeutet … und warum ausgerechnet dieser Ort erste Wahl für den Kampf ist, während ich in meinen Notizen eine Liste mit fünf oder sechs Möglichkeiten habe, von denen keine einzige wirklich plausibel erscheint, und warum der Mensch unmenschlich ist, und warum der Mensch den Kopf in den Sand steckt, und schließlich, will Gott, oder Allah, oder Werauchimmer für uns verantwortlich ist, denn niemals in Erscheinung treten und das Böse besiegen … und wer ist die dunkle Macht, die ständig die Party sprengt?

Aber alles, woran ich mich mit Sicherheit erinnern kann, ist, dass ich Zimmer 263 hatte und meine Telefonnummer 601 war – Sir. Und abgesehen davon ist alles, woran ich mich erinnern kann, dass ich drei Stunden nach dem Kampf in

Angelo Dundees Villa in N'Sele saß und Cognac trank, weil ein paar Minuten nachdem Ali Foreman niedergestreckt hatte der Regen kam und uns erwischte und einweichte und wir uns gegen die Lungenentzündung schützen wollten, von der ich mit Sicherheit wusste, dass wir sie kriegen würden, denn, zur Hölle, hatte die meisten von uns denn nicht schon alles andere erwischt? Dr. Ferdie Pacheco, Alis Arzt, hatte seine Schuhe ausgezogen und sich auf dem Sofa ausgestreckt, und wir waren glücklich, weil der Kampf für den richtigen Mann so gut gelaufen war, und Angelo Dundee, der größte Cut-Man[7] der Welt, schüttete sich den Cognac rein, und der Box-Historiker Budd Schulberg schrie mich an, weil – weil ich, mein Gott! Ich nahm diese Freude auf Band auf und verletzte damit unwissentlich irgendeine Tradition, die zum Besäufnis nach einem Kampf gehörte, irgendwas, das ich nicht kannte. Nein, nichtmal Schulbergs moralisches Gewitter verpasste der Freude einen Knacks. Das passierte erst, als ich zu Angelo Dundee sagte, dass er eine Stunde zuvor in der fröhlichen Stimmung in Alis Umkleideraum das Unmögliche geschafft hätte: Bula Mandungu, die Nummer drei in der Regierung, zum Lächeln zu bringen. Angelo Dundee hatte nie eine Chance, darauf zu antworten. Gene Kilroy, der weit weg am anderen Ende des Wohn-

[7] Ist in der Ecke speziell für die Verarztung der Cuts zuständig.

zimmers in einem Sessel saß, schnappte zu: »Gott verdammt! Fängst du schon wieder mit Politik an!« Ich sah Kilroy an, sagte ihm, er solle sich doch selbst ficken und fragte mich, was er für ein Problem hatte und warum er jedesmal, wenn er mich traf, zu mir sagte, mein Mädchen, die eine weiße Frau war, die hier lebte und sowieso nicht wirklich *mein Mädchen*, weil ich in ihrem Leben nur eine kleine Affäre war, würde mit einem Nigger (aus New Haven!) ficken. Und während ich zu Gene Kilroy schaute und überlegte, was sein Problem war, warf mir Angelo Dundee einen misstrauischen Blick zu … und wieder einmal war ich der Spieler, der keine Spielberechtigung hatte, der Typ, der das Spiel kaputtmachte statt es zu sichern, der Typ, der erst nach dem Kampf eine Reportage für ein Magazin schreiben würde und deshalb nichts dazu beitrug, anders als etwa die *Daily News*, dass alle gebannt mit dem Arsch im Sessel klebten, wie man es in der Branche nannte. Es ist eben cool, wenn man ein Zugpferd für ein Spiel ist. Fragen Sie bloß nicht, wo Beau Jack abgeblieben ist und was aus seinem Pensionsplan[8] wurde, und lachen Sie mit ihnen, wenn sie Joe Louis[9] »Amerikas Gast« nennen, was wirklich ein verächtlicher und erbärmlicher Ausdruck ist.

[8] US-Leichtgewicht-Champion, bemühte sich nach Beendigung seiner Karriere vergeblich, einen Pensionsfonds für Boxer zu gründen.
[9] Der sog. »The Brown Bomber« war von 1937-49 Weltmeister im Schwergewicht; siehe auch Fußnote 21.

Ich werde es nie schaffen, über die freundlichen Zairer zu schreiben, denen ich begegnet bin, über ihre Herzlichkeit, Großzügigkeit, Gastfreundschaft und Offenheit, weil sie kleine Menschen sind, Individuen, die nicht viel zu melden haben … denn immer, wenn ich sie heraufbeschwöre, legt sich Bulas hässliche und brutale Fresse über meine Erinnerungen. Jeden Tag bekommt der Fernsehzuschauer bei Programmbeginn – Zaire und Zanzibar sind die einzigen afrikanischen Länder mit Farbfernsehen – Bilder von Wolken und Himmel serviert. Aus den Wolken kommt ein Fleck in die Bildschirmmitte gekrochen, wird größer und größer, bis er sich schließlich in Mobutu verwandelt. Mobutu! Überlebensgroß! Das ist krank; der Mann ist überall. Er ist auf der Währung, auf dem Zaire-Geldschein … auf allen, auf den Einer-, Fünfer- und Zehner-Zaire-Scheinen. Alles in Zaire heißt Zaire; Währung, Zigaretten, Benzin … wird alles unter dem Namen Zaire gehandelt. Was für eine Superidee! Ich schätze, dass Mobutu Medien-Manipulation und Propaganda-Technik bei Sears & Roebuck[10] studierte. Wenn man einen Zaire-Schein gegen das Licht hält, um das gegen Fälschung schützende Wasserzeichen zu erkennen (das Geld wird von Giesecke & Devrient in München gedruckt), dann

[10] 1886 gegründetes Versandhaus mit berühmtem Katalog, später auch eine Ladenkette, die heute mit Kmart verbunden ist.

entpuppt sich das Wasserzeichen natürlich als Mobutu mit seinem Pillbox-Fez aus Leopardenfell, und das alles ist schon ein wenig unwirklich. Ich habe jetzt dreimal in einem faschistischen Unterdrückungssystem gelebt, zweimal in Portugal, sowohl unter dem Salazar- als auch dem Caetano-Regime, und hier im Kongo unter dem allgegenwärtigen Mobutu. Die Straßen von Lissabon, 1963. Ein Portrait mit dem scheißefressenden Grinsen von Salazar erstrahlte in jeder Schaufensterscheibe, jedem Restaurant, jeder Hotellobby, Diskothek, Taverne. Die Leute voller Angst, verstummt im Angesicht des Bösen. Traurig, Mann, traurig. Was ist die dunkle Macht, die diese Party zerstört? Ich weiß schon, warum ich freiwillig so viele Stunden in Zimmer 263 des Memling verbrachte, wo ich die Telefonnummer 601 hatte. Weil es da kein Bild von Mobutu gab. Um ihn zu sehen, hätte ich einen Zaire-Schein aus meiner Rolle ziehen müssen. Wozu ich in meinem eigenen Zimmer keine Lust hatte. Da rollte ich mir lieber einen dicken Kinshasa-Joint. Ein Zaire ist bei legalem Umtausch zwei Dollar wert, aber auf dem Schwarzmarkt bekommst du für deinen Dollar siebzig bis achtzig Makuta, und hundert Makuta sind ein Zaire. Es wird mit dem Dezimalsystem gerechnet, wie bei unserem Geld. In Brüssel kannst du für 500 amerikanische Dollar 540 Zaire bekommen. Wenn das Fernsehprogramm nachts beendet wird, bleibt eine Karte des afrikanischen Kontinents stehen, die sich allmählich in eine Pistole transformiert. Zaire wird plötzlich zum Abzug und der Lauf ist auf Süd-Afrika gerichtet.

Rindfleisch und anderes Fleisch, das Mobutu und ich jeden Abend essen, kommt mit nicht gekennzeichneten Flugzeugen aus Rhodesien und Süd-Afrika. Flugzeuge in Zivil.

Rick Talley von einer der Chicagoer Zeitungen tauchte in der Kampfwoche auf. Er war Mitte September schon mal in Zaire gewesen, als diese Geschichte etwa in ihrer Eiszeit steckte. Rick Talley gewann den Wetteinsatz der Presseleute, er hatte auf Ali mit einem K.o.-Sieg in der achten Runde gesetzt, was einiges über Prognosen aussagt, weil Rick Talley bei den World Series[11] 1974 auf die Dodgers gegen die Oakland A's in fünf Spielen gesetzt hatte, was exakt das Gegenteil des Ausgangs war. Nachdem er zum erstenmal aus Zaire geflüchtet war, hatte Rick Talley in einer seiner Kolumnen auch geschrieben, dass der Kampf niemals in Zaire stattfinden würde. Er werde im Astrodome[12] stattfinden, behauptete er. Obwohl er nur zwei Tage hier verbracht hatte, wusste er, dass das hier der unpassendste Ort auf diesem Planeten war. Tatsächlich ist es nicht nötig, fünfzig Tage und fünfzig Nächte in Zaire zu verbringen. Hunter Thompson wusste es instink-

[11] Endrunde der US-Baseballprofis.
[12] Multifunktionsstadion in Houston, Texas, für gut 70.000 Zuschauer.

tiv. Als Rick Talley wieder nach Hause flog, nahm er mich beiseite und fragte, wie es um die Gesundheit von Jack Griffin stand, der von einer der Chicagoer Zeitungen war. Chicago ist die langweiligste von den Zeitungsstädten, und mir fallen nicht mal mehr die Titel der Zeitungen ein; ich glaube, es gibt drei oder vier. Jack Griffin war, zusammen mit mir, der Codein-Dekan[13] des Presse-Korps; wir kämpften es aus. Jack Griffin wohnte meistens in der Villa von Murray und Bobby Goodman, Vater und Sohn und beide Box-Journalisten. In einer Reihe von fünf Villen hatten sie Villa Nummer Eins, mit Blick auf die Hyazinthenbüschel, die auf dem Kongo oder Zaire unaufhaltsam dem Meer entgegenströmten, und da tuckern doch auch Bogart und Hepburn in der *African Queen*,[14] und ist da nicht Henry Morton Stanley dabei, funkelnden Auges auf seinem Weg ins heutige Burundi, sich mit seinem Transport übers Wildwasser zum Rendezvous mit diesem gewissen Arzt kämpfend, stellt man sich vor, zuerst musste er jedoch – wir befinden uns im Jahre 1874 – den einen von den 350 eingeborenen Trägern, die mit ihm zu diesem 999-Tage-Marsch aufbrachen, herausfinden, den einen von 235, die ein außergewöhnliches Schicksal traf, denn es

[13] Wortspiel, im Original: »…was the codean (codeine)…«
[14] Film von John Huston (1951): das kleine Dampfboot »African Queen« jagt im Ersten Weltkrieg in Deutsch-Ostafrika ein deutsches Kriegsschiff.

waren nur 115, die in Boma an der Mündung des Flusses Zaire (oder Kongo) ankamen ... den einen, der in den Annalen als derjenige verzeichnet ist, der verschwand, nachdem er wilden Hanf geraucht hatte, und der nicht zu verwechseln ist mit dem, der im Dschungel verloren ging, oder dem, der von einem Krokodil erwischt wurde, und nicht mit den 13 Vermissten, den 14 Ertrunkenen, den 8 Verhungerten (ach, wenn sie nur etwas von den nicht gekennzeichneten Flugzeugen gewusst hätten), den 58 bei Kämpfen oder durch Mord Umgekommenen, oder den 68 Opfern von Pocken, Ruhr und Fieber. War ich dieser Raucher von wildem Hanf? Weil ich ja inzwischen auch verschwunden bin, und nicht mehr zu retten. Und zusätzlich gingen alle drei von Stanleys weißen Kameraden drauf, zwei wegen Fieber, der andere ertrank in den Stromschnellen. Ich kann mich nicht erinnern, wer in der Villa Nummer Zwei wohnte, neben Jack Griffin von einer der Chicagoer Zeitungen und Goodman & Sohn. In Villa Nummer Drei waren Bodini und seine Frau. In Villa Nummer Vier war Angelo Dundee und in Villa Nummer Fünf war Muhammad, der richtige Mann zur richtigen Zeit, aber im Grunde genommen genauso voller Scheiße wie ich und Mobutu. Jack Griffin hatte sich schon bald darauf verlegt, sich jeden Tag einen achtzehn-Stunden-Schlaf zu gönnen. Jedesmal wenn ich nach N'Sele kam, was während der Flautezeit nicht allzu oft war, weil es von Downtown Kin achtzig Kilometer entfernt liegt und man nie sicher sein konnte, dass man eine Rückfahrgelegenheit bekam, lag er eingerollt auf seinem Klappbett.

Jack Griffin fing an, ständig einen Dreitagebart zu tragen. Und sein gelbes *Capt. Griff*-Hemd, ein Geschenk von den Sponsoren eines Veranstalters für Hochsee-Fischen-Touren, über die er mal berichtet hatte, war voller Aschеflecken und mit Rotweinspritzern vollgesaut, die aus den 382 Flaschen Chateauneuf-du-Pape stammten, die er und Bobby Goodman geleert hatten, weil sie das tun mussten, wenn sie bleiben wollten, egal ob gesund oder krank. Wenn Jack Griffin nicht schlief, schrieb er verrückten Scheiß mit wunderbaren Kopfzeilen, in denen dann zum Beispiel ein Ort wie Bukavu stand, der im Osten in der Provinz Kivu ist, an der Grenze zu Burundi, Ruanda, Uganda, am See Kivu, nicht weit vom Albert-See … Entschuldigung, bitte, pardon, ich wollte sagen Mobutu-See … der Ort, an dem die Wiege der Menschheit steht, wenn's nach dem Buch *African Genesis* geht, geschrieben von einem Mann namens Robert Ardrey, wenn ich mich richtig erinnere. Und außerdem schrieb Jack Griffin von einer der Chicagoer Zeitungen über Elefanten, die auf der Wiese vor ihm weideten, während er sein Frühstück einnahm, und über Gorillas in ihrer natürlichen Umgebung, und wunderschöne Geschichten, wie zum Beispiel die, als er – Gott segne dich, Jack – aus dem Fenster von Villa Nummer Eins spähte und die unaufhaltsamen Hyazinthenbüschel erblickte. Hat jemand Jake LaMotta[15] gesagt?

Sprich, Erinnerung!

Als die neue Pressetruppe kam, diese Sportjournalisten aus der westlichen Welt, waren Jack Griffin und ich der Meinung, dass wir etwas gemeinsam hatten, eine tiefe Kenntnis des dunklen Kontinents. Wir zwinkerten uns oft zu, wenn diese frisch angekommenen Jungs ihr Unwissen ausbreiteten. Eines Tages stürzte einer von ihnen in Goodmans Villa und scheuchte Jack Griffin aus dem Schlaf. »Der Botschafter kommt, der Botschafter kommt!«, rief der Neuling begeistert. Aus irgendeinem dunklen Traum gerissen, war Griffin verwirrt. »Welcher Botschafter?« Der amerikanische Botschafter, antwortete der Anfänger. »Aaarrgghh!«, antwortete Jack, schickte den Mann mit einem Winken raus und zog die Decke wieder hoch, um weiterzuträumen. Jack kannte sich mit solchen Sachen aus.

Rick Talley von den Chicagoer Zeitungen nahm mich also beiseite, Sie erinnern sich, und befragte mich über Jack Griffins Gesundheitszustand.

[15] Giacobbe LaMotta, US-Mittelgewichts-Champion, dessen Autobiografie *The Raging Bull* von Martin Scorsese verfilmt wurde und bei dem er als Berater für Robert De Niro fungierte. 1960 gestand er vor einem Untersuchungsausschuss, dass er 1947 einen Kampf im Interesse der Mafia absichtlich verloren hatte und dafür zwei Jahre später mit einem Titel-Kampf entlohnt wurde. Der heute 91-jährige ist auch am neuen Biopic *The Bronx Bull* beteiligt, dessen Trailer im Juni 2014 erschien.

»Hast du das Zeug gelesen, das er geschrieben hat?«, fragte er. Nein. »Leute in Chicago«, sagte Rick, »fragen sich … glaubst du, er hat einen Nervenzusammenbruch oder sowas? Du solltest das Zeug lesen. Ich meine, da kommt zwar ein Satz nach dem anderen und das alles, aber es gibt keinen Zusammenhang, weißt du, was ich meine?« Ich nickte, denn ich habe Zimmer 263 und meine Telefonnummer ist 601, und ich kenne mich mit solchen Sachen aus.

Als der Kampf stattfand, verübte Rick Talley einen brutalen Raubüberfall, weil er keinen Sitzplatz im Pressebereich hatte. Er klaute den Sitz in der ersten Reihe, der für *Il Tempo* aus Rom reserviert war. Soweit war's gekommen, weil die Regierung in letzter Minute beschlossen hatte, den Zulassungsmodus zu ändern und Bazunga N'Zinga mit der Verteilung der Akkreditierungen zu beauftragen, den zweiten Mann der Unterabteilung Presse in der Foreman-Ali-Kommission des Gastgeberlandes. Bazunga war jedoch wieder einmal betrunken und wollte sie nicht herausgeben. Vier Stunden lang warteten Journalisten aus dem Westen in einem verrauchten Raum, bis es zehn Uhr nachts war … damit waren es bis zum Kampf nur noch sechs Stunden, und die Schreiber hatten im Durchschnitt eine Reise von vierundzwanzig Stunden am Stück hinter sich, um nach Zaire zu kommen und über den Kampf des Jahrhunderts zu berichten. Ein englischer Reporter nannte diese Szene »Das Weiße Loch von Kinshasa«. Bazunga las einen Namen von seiner Liste vor, und wenn derjenige nicht anwesend war, dann wartete Bazunga unerschütterlich bis zur Ankunft desjenigen und war bis dahin nicht bereit, mit dem nächsten Namen weiterzumachen. Ich hatte mir meine Akkreditierung schon früh besorgt, weil ich diese Fallstricke kannte. Ich erinnere mich, dass ich im Speisesaal des Memling mit Bud Collins vom *Boston Globe* und seinen drei Freunden vom schwedischen Radio zu Abend aß. Sie unterhielten sich über Björn Borg und über die Trennung von Jimmy Connors und Chrissy Evert.[16] Ich fragte, wer die World Series gewonnen hätte, aber keiner von ihnen wusste es. Plötzlich kam einer der neuen Journalisten ins Restaurant gerannt und meldete, im Pressezentrum würde es im Moment zu Rassenunruhen kommen, die Zaire-Presse würde sich brüllend beschweren, weil die »Amerikanische Presse« – obwohl die meisten der Mundele-Männer in diesem Einsturzloch von einem Pressecenter (Mundele ist der Lingala-Ausdruck für »weiße Menschen«; als ich einmal hilfsbereit sein wollte, gab ich Hunter Thompson den Rat, falls er die Mauer aus Formalitäten ernsthaft durchbrechen und beseitigen wollte, weil er noch so frisch angekommen war und Zeit für Leute wie ihn zum Wichtigsten gehört, während Jack Griffin von den

[16] Die besten Tennisspieler (bzw. Tennis-Traumpaar) der 1970/80er-Jahre.

Chicagoer Zeitungen schlafen konnte, weil er wusste ... ich sagte also zu Thompson, anstatt einen zairischen *Citoyen,* wie laut Befehl von Mobutu jeder, er selbst eingeschlossen, genannt werden musste, zu befragen, sollte er sich besser um einen informellen Weg bemühen und einen zairischen Mundele befragen, es würde sich lohnen) – wie auch immer, die meisten der Mundele-Männer in diesem Einsturzloch waren in Gottes Namen Deutsche oder sowas, Esten, Sie wissen schon; also überhaupt keine Amerikaner ... und dieser Typ kommt ins Memling-Restaurant gerannt und erzählt, die zairische Presse würde explodieren, weil die amerikanische Presse ihre Akkreditierungen bekam, während sie warteten und warteten und Bazunga auf seinen Absätzen vor und zurück schwankte und mit seinen Goldzähnen grinste und sich fragte, ob er jemals noch ein Bier bekommen würde. Ich ließ meinen gegrillten Nil-Barsch liegen und das ganze Gerede über Björn Borg und rannte nach hinten zum Pressecenter. Da gab es keine Rassenunruhen. Die zairische Presse war, wieder einmal, am Schlafen. Aber die Mundele-Presse stand jetzt auf den Stühlen, bedrohlich über Bazunga aufgebaut wie ein Grizzly, aber nicht mal Murray Goodman, die Nummer Eins der Box-Journalisten und Vater von Bobby Goodman, der mit Jack Griffin diese Unmengen von Wein wegsoff, konnte Bazunga zum Nachgeben bewegen, der auf seinen Absätzen vor und zurück schwankte und mit seinen blitzenden Goldzähnen grinste und sich nach einer Flasche Bier umschaute und sich weigerte, einen anderen Namen aufzurufen, ehe nicht jemand mit dem Namen Jake LaMotta nach vorn kam, um seine Akkreditierung abzuholen. Ich lief zum Memling-Restaurant und meinem Nil-Barsch zurück. Innerhalb von einer Minute kam Bazunga durch die Tür geschossen, verfolgt von mindestens fünfzig aufgebrachten Neuankömmlingen der Mundele-Presse, rannte durch den Speisesaal, rannte durch die Lobby, gefolgt von diesem zornigen Conga-Getrommel, raus auf die Avenue du Tchad und über den Place Downtown an der Vorderseite des Memling (Kinshasa hat entweder 1,2 Millionen oder 1,5 Millionen Einwohner, davon 28000 bis 40000 Mundele, von denen die meisten Belgier sind; das Memling ist nach dem flämischen Maler Johann Memling benannt), in die Rue Prisonniers und weiter, bis er im hell erleuchteten Café Pergola in Sicherheit war, wo sein Boss Tshimpumpu wa Tshimpumpu, der oberste Pressechef, immer auf der Jagd nach Publicity und selbst regelmäßig schwer am Saufen, bei einem opulenten Capitan Zairois saß, das ist gebackener Nil-Barsch bedeckt mit heißer Pili-Pili-Soße (ich bevorzugte gegrillten Capitan, obwohl ich Thompson den Rat gab, er solle alles mit Pili-Pili probieren).

Reingerannt kommt Bazunga, einen Haufen Wut an den Hacken. Reingerannt kommen die Mundeles, halb wahnsinnig. Setzt euch, esst was, sagte Tshimpumpu wa Tshimpumpu. »Kein Problème!«

Es war Tshimps Gewohnheit, das zu sagen, aber immer, wenn er »kein Pro-blème« sagte, konnte man sein verrostetes Eisen darauf verwetten, dass es eines gab. Aber klar, wenn du dich weigerst ein Problem zu erkennen, dann, tja ... gibt es kein Problem. Ich schätze, das war's, was ihm durch den Kopf ging. Tshimpumpu hat einen kleinen Bruder namens Tshimpumpu Kanyinda, der Zigarre raucht und regelmäßig in Begleitung von Bula Mandungu anzutreffen ist, und der, wie Bula, niemals lächelt, es sei denn eine Kamera ist auf ihn gerichtet. Tatsächlich ist Kid Tshimpumpu, obwohl er jünger ist, ein hochrangiger Berater des Präsidenten, Mobutu Sese Seko, und nimmt in Wirklichkeit einen viel höheren Rang als sein älterer Bruder ein, der etwas von einem verspielten Jungen hat, immer hinter den Röcken her ist, jeder Verantwortung aus dem Weg geht und bei Verpflichtungen die Stadt verlässt. Murray Goodman, Chef-Reporter für die Werbung (genauer gesagt für *The Promotion*), hatte sich angewöhnt, Tshimpumpu wa Tshimpumpu wie ein kleiner Hund überallhin zu folgen, weil er hoffte, den Mann dadurch zu zwingen, sich um Himmelswillen um seinen Job zu kümmern; Bobby Goodman jedoch, der Sohn von Papa Goodman und zweiter diensthabender Publizist, sagte schließlich zu Tshimpumpu, er solle sich mit Gottes Segen verpissen. Um Missverständnisse zu vermeiden, nannte man in Botschaftskreisen Tshimpumpu Kanyinda den »einfachen Tshimpansen« und Tshimpumpu wa Tshimpumpu den »doppelten Tshimpansen«.[17]

Der doppelte Tshimp lächelte immer, während sein jüngerer und wichtigerer Bruder selten lächelte; dafür rauchte er lange, dünne Zigarren mit einem Madura-Deckblatt, wie sein Kumpel Bula. Doppel-Tshimp hatte eine Vorliebe für große und lustige Hüte, die definitiv nichts mit *Authenticité* zu tun hatten, sondern im Gegenteil, wie er mir erzählte, waren es Hüte, die er in Chicago und Los Angeles gekauft hatte, als er mit Bula im letzten Frühjahr in den Vereinigten Staaten auf der ersten Tour war, um die Werbetrommel für den Kampf zu rühren. Alle Amerikaner, die den Doppel-Tshimp und Bula damals kennengelernt hatten, ärgerten sich jetzt, dass sie unsere typische Spitzengastfreundschaft genossen hatten, als sie unser Land besuchten … warum galt dasselbe nicht im Gegenzug, als wir den Äquator überquerten und in ihr Land kamen? Warum nahmen sie uns alle in Gefangenschaft? Aber wie jemand bemerkte, an den ich mich nicht erinnern kann: Wenigstens dürfen wir Besuch bekommen. Warum haben sie uns einen mit Drogen versetzten Drink untergeschoben, und wie? Oh, Sie werden mich zwar eines Tages vielleicht auf einer Straße in Amerika sehen, oder

[17] Im Original: »single (bzw. double) chimp« (Schimpanse).

wie ich in Louisville[18] hinter Ali her bin, aber, verstehen Sie, in Wirklichkeit werden wir gar nicht da sein. Sie haben irgendwas Schlimmes mit uns angestellt. Ich glaube nicht, dass wir hier jemals wieder rauskommen.

Schließlich war es so, dass wir alle beim Kampf dabei waren, sogar der Historiker Schulberg, der meinte, das hier wäre die beschissenste Box-Promotion seit dem dritten Mendoza-Humphries-Kampf 1797, obwohl er seine neue Akkreditierung nie bekommen hatte, weil er irgendwann von der Jagd nach Bazunga durch die Stadt zu erschöpft war, um sie sich zu holen. (Ich kann in den Geschichtsbüchern keinen Hinweis auf einen dritten Mendoza-Humphries-Kampf finden. Wie auch immer, Daniel Mendoza, Mendoza der Jude, portugiesischer Abstammung, wohnte in Whitechapel, war tatsächlich ein Mittelgewichtler, der später Schuldeneintreiber wurde, in voller Größe nur 170 cm, schlug Richard Humphries blutig, den Champion der Anglos, der Engländer, weil er ihm in ihrem ersten Kampf seine Taktik aufzwang und zwei Jahrhunderte vor Ali tanzte wie ein Schmetterling und sich weigerte, auf irgend-

[18] Alis (und Hunter S. Thompsons) Geburtsstadt in Kentucky. »Hier bin ich geboren und aufgewachsen, hier habe ich die ersten einundzwanzig Jahre meines Lebens verbracht. Ich muss wissen, ob es wirklich meine ›Heimat‹ ist – der Zufluchtsort, an den man immer zurückkehren kann, wenn man Prügel bezogen hat«, erinnerte sich Ali in seinen Memoiren *Der Größte* an den Tag nach der Niederlage gegen Ken Norton, 1973.

einer Grundlinie stehenzubleiben und Schläge auszutauschen, stattdessen entkam er mit Side-Steps oder wich zurück und verletzte damit den tiefen Sinn, den die Regeln des Marquis von Queensberry[19] enthielten, wenn nicht sogar explizit die Vorschriften ... ein ausgefuchster Bursche, ja, diese Portugiesen. Im Revanchekampf, wird berichtet, holte sich Mendoza der Jude erneut den Sieg. Aber ich finde nicht den geringsten Hinweis auf den finalen dritten Kampf, auf den sich Schulberg bezog. Und genausowenig kann ich Stillman's Gym[20] finden).

Schulberg, mit dem ich in den Kneipen Kinshasas und außerhalb viele ausgedehnte Stunden verbrachte, darunter auch jenen Morgen, als wir in der Dämmerung in die Diskothek Jumbo gingen, um uns ein letztes Schlummer-Bier zu genehmigen, das uns zwanzig Zaire kostete, was in dem Fall vierzig amerikanische Dollar waren, weil wir nicht wussten, wo die Schwarzmarkt-Wechselkurse galten und wo nicht, beharrt darauf, dass der erste Mendoza-Humphries-Kampf der erste Jahrhundertkampf war, und er schwört außerdem, dass es ungefähr alle fünf Jahre einen

[19] Der die sog. Queensberry-Regeln des modernen Boxsports allerdings erst Jahre nach diesem Mendoza-Kampf, 1867, aufgestellt hatte.

[20] Das berühmte New Yorker Boxstudio nahe dem Madison Square Garden war »von den frühen 20-ern bis in die 60er-Jahre der Nr.-1-Boxtreff ... Wer den besten Boxern der Welt beim Training zusehen wollte, ging zu Stillman's« (Joe Rein, ZyberBoxingZone.com).

neuen Jahrhundertkampf geben werde, solange ich lebe; allerdings bin ich abgeneigt, ihm zu glauben, weil er mich immer nur angrinst, wenn ich ihm eine weitere Gelegenheit gebe, entweder zu bestätigen oder zu dementieren, dass er die Nacht des 23. September auf dem Rasen in N'Sele verbrachte, zwischen Leguanen und giftigen Nattern schlief, vor der Villa von Angelo Dundee, die Villa Nummer Vier war, eingeklemmt zwischen den Villen von Ali und Bodini. Ich kann mich nicht daran erinnern, wer die Villa Nummer Zwei hatte, aber vielleicht erinnert sich Jack Griffin von den Chicagoer Zeitungen. Ich werde ihn fragen, falls er je wieder nach Kin kommt. Ferner wird vorgebracht, dass der Trottel Schulberg, den ich in unserem eigenen persönlichen Rückkampf in zehn Sekunden gekillt habe (er hatte bei unserem ersten Kampf im mottenzerfressenen Kin-Casino – in dem die schrägen Vögel lustige Sachen anstellen, mir kräftige Schläge in die Nieren und in den Bauch verpassen und dann oben weitermachen und mir direkt an den Kopf schlagen –, einen schnellen Knockout in der ersten Runde erzielt, ganz einfach weil ich den Gong zur ersten Runde nicht gehört hatte), etwa so ähnlich wie Walter Cartier in den ersten zehn Sekunden der ersten Runde Joe Rindone killte, oder es war umgekehrt ... oder war das der, wo Sugar Ray dabei war? War es Cartier gegen Rindone, Cartier gegen Robinson oder Robinson gegen Rindone? Ich kann mich nicht erinnern und bitte Sie um großzügige Nachsicht, dass ich keine Ahnung habe, und weil Sie nicht dabei waren, können Sie es ebensowenig wissen. Alles, was ich mit Sicherheit weiß ist, dass ich auf dem Berg war und der Berg ein Gangster ist. Und alles, Sir, woran ich mich, seit undenklichen Zeiten in Übereinstimmung mit den Genfer Friedensverhandlungen, erinnern kann ist, dass ich Zimmer 263 habe und mein Telefon die Nummer 601. Weiterhin wird vorgebracht, dass der Trottel Schulberg in jener Nacht zu einem bestimmten Zeitpunkt versuchte, die Tür zu der Behausung einzutreten (die nicht zu verwechseln ist mit den fünf Villen, die in einer Reihe am Ufer unmittelbar vor den unaufhaltsam dahinströmenden Hyazintenbüscheln stehen), die für Howard Bingham reserviert war, der seit vielen Jahren, quasi von Anfang an, Alis persönlicher Fotograf ist und einen Bart trägt ... dass Schulberg, ein Whitechapel-Absolvent, ein Mann, der selten etwas zu wünschen übriglässt, an Binghams Tür hämmerte und verzweifelt »Angelo, Angelo?« flüsterte, so gierig war er darauf, ein Bettchen zu ergattern, um den Leguanen und anderen nächtlichen Ungeheuern zu entfliehen. Dabei weiß doch wirklich jeder, dass Angelo Dundee keinen Bart trägt! Man sollte Budd Schulberg, obwohl er zu seinen besten Zeiten das Spiel beherrscht hat, in den Ruhestand schicken, zu seiner eigenen Sicherheit, auch wenn es in diesem Spiel keinen Pensionsplan gibt, weil er stehend k.o. ist, nur noch taumelt und schwer verletzt werden und schließlich ebenfalls »Amerikas Gast«[21] werden könnte. Und wird Onkel Sam dann seine Steuerschulden von der Tafel wischen … oder eine Überweisung einfordern? Ich befürchte, dass Schulberg, falls er seiner Freiheit nicht beraubt wird, Grüßaugust im Brown Palace Hotel in Denver werden wird, oder, noch schlimmer, im Memling.

Ich weiß, dass diese Behauptung, er hätte an Binghams Tür gehämmert, der Wahrheit entspricht, weil Gene Kilroy es mir erzählt hat, und Gene Kilroy verbreitet über solche Sachen keine Lügen.

Es ist ebenfalls wahr, dass Schulbergs Roman *Schmutziger Lorbeer*[22] auf dem Leben von Harold Conrad basiert, einer der seriösen Männer im Boxgeschäft, der Mann, der Cochise populär machte[23] und einer der Autoren in den Anfangs-

[21] Anspielung auf Ex-Champion Joe Louis, ebenso wie die folgenden Punkte »Steuerschulden« und »Grüßaugust«. Als solcher musste Louis in seinen späten Jahren im Caesar's Palace in Las Vegas herhalten. An den Beerdigungskosten beteiligte sich 1981 auch einer der Sargträger, Max Schmeling (laut US-Wikipedia).

[22] Originaltitel: *The Harder They Fall* (1947). 2001 erschien in der *Paris Review* (auch online) ein großartiges Interview von Kurt Vonnegut mit dem 87-jährigen Schulberg (dessen mit Marlon Brando verfilmter Roman *Die Faust im Nacken* ebenfalls Weltruhm erlangte) über sein abenteuerliches Arbeitsleben.

[23] Mit seinem Roman *Battle of Apache Pass*. Ende der 40-er Jahre war Conrad eine zeitlang Pressesprecher und PR-Schreiber für Meyer Lansky und Las Vegas-Gründer und Mobsterboss Bugsy Siegel.

tagen des Comicstrips *Joe Palooka*[24] war, selbst als Boxjournalist für den alten *Brooklyn Eagle* angefangen hatte, als unterster Mann am Tompfahl, nur einen kleinen Schritt über dem Stümper von den *Bronx Home News*. Dagegen sollten Sie mal die kriecherische Art sehen, mit der die Goodmans, Vater und Sohn, die größten Cracks in der Hackordnung wie Dick Young und Red Smith behandeln – und wie sogar Larry Merchant einen Platz hinter ihnen einnehmen muss, obwohl er, wie sie, die Ärsche in den Sesseln festklebt, wie man das in der Fachsprache des Boxbusiness gerne nennt, indem er eine Mischung aus Promotion-Demagogie und Vor-dem-Kampf-Gefasel auf die Seiten knallt. Die ganze Welt soll jetzt mal erfahren, dass diese Supercracks irgendwie nie realisiert haben, dass der Kampf in Kinshasa, Zaire, stattfand, unterhalb des Äquators, wo es keinen Polarstern zu sehen gibt und folglich keine Wikinger und schließlich auch keine Weiße Hoffnung. Ich meine, gottverdammt, sie hätten genausogut in irgendeinem gottverdammten Felt Forum oder in den ABC-Fernsehstudios herumsitzen können.

Bill Brannigan, der ständig hier niedergelassene Afrika-Korrespondent von ABC-TV (und es

[24] In den gesamten Vereinigten Staaten populärer Strip über einen Boxer, gestartet 1930, später auch als Radio- und TV-Serie. Der Ursprung von »Palooka« ist unklar, vermutlich eine Verballhornung des Schimpfworts »Polacke«, dann Synonym für flegel- oder stümperhafter Fighter.

war eine Überraschung zu erfahren, dass die beiden größeren Networks keine ständig niedergelassenen Korrespondenten in Afrika haben), der auf der anderen Seite des Bergs von Zaire (Zyeear) in Nairobi, Kenia lebt, ist der Ansicht, dass man Sportjournalisten nach fünf Uhr abends einsperren sollte. Und er hat recht. Passen Sie auf, es gibt in Kinshasa eine Art Einrichtung, die man Nachtwächter nennt, das sind Männer, die vor Geschäften schlafen, um sie vor Einbrechern zu schützen. Diese Nachtwächter sieht man überall in Downtown Kin. Sie beginnen ihren Job um sechs Uhr abends, wenn die Läden schließen, und sie werden auch gut bezahlt – mit einem Zaire pro Tag, womit sie in weniger als zwei Monaten das durchschnittliche Pro-Kopf-Einkommen des Landes (zweiundneunzig amerikanische Dollar pro Jahr) übertreffen. Und diese Arschlöcher von Schreibern kommen hierher und werfen einen Blick auf diese Familienväter, die vor den Geschäften schlafen, und sagen: »Jesus Christus! Das ist ja hier wie im beschissenen Kalkutta! Leute schlafen in den Straßen! Gottverdammich!«

In Big Fork, Montana, ist am 10. November Schnee gefallen, berichtet mir Anthony Lewis, und in all diesen Sätzen, die wir bisher miteinander geteilt haben, habe ich immer noch nicht die äquatoriale Hitze erwähnt, wofür ich mich entschuldige. Ich habe im Memling bis jetzt drei Klimaanlagen durchgebrannt, ich schätze allerdings, dass man sie eher ausgewechselt hat, um neue Abhörgeräte zu installieren. Ich muss täglich fünfzig Milligram Ritalin nehmen, nur um die Mittagshitze zu überstehen. Ich nehme diese Menge Ritalin auch, um die Wirkung des wilden Cannabis abzufangen, das das beste der Welt ist, viel besser als diese teuren Thai Sticks, die letzten Winter im Umlauf waren. Ich will damit sagen, dieser Shit haut dich wirklich um. Die Nachtwächter machen mit Holzspänen Feuer sobald die Sonne untergeht, was hier, fünf Grad unter dem Äquator, immer um 18 Uhr der Fall ist, plus oder minus ein paar Minuten aufgrund von saisonalen Verschiebungen. Und die Sonne geht immer um 6 Uhr auf, wobei die Verschiebungen innerhalb der beiden Jahreszeiten wiederum zu berücksichtigen sind. Aber es ist eine natürliche Lebensart, verstehen Sie? Von sechs bis sechs Uhr. Es ergibt Sinn; ein Leben mit der Natur. Es ist heiß hier wegen der Luftfeuchtigkeit. Dennoch wird es nachts kalt im Winter – hier ist Winter, wenn es bei uns in den Staaten Sommer ist – und man braucht für draußen eine Jacke oder einen Anorak. Das ist also der Grund, warum die Nachtwächter diese Feuer anzünden, obwohl die Temperatur um die vierundzwanzig bis siebenundzwanzig Grad beträgt. Die Sportjournalisten unter den frisch angekommenen Presseleuten, die wussten, dass ich dem dunklen Kontinent ein paar Geheimnisse entrissen hatte, fragen mich also, wozu sie diese Feuer anmachen. Ich habe einen Monat gebraucht, um das herauszufinden! Die scheinen zu glauben, ich wäre irgendein Schmock. Warum sollte ich es ihnen sagen? Was haben die je für mich getan? Haben sie mich rausgeholt oder mich zurückgelassen? Obwohl dieses Magazin einen Barscheck über 1283.- amerikanische Dollar auf den Tisch legte, mit dem ich eine Rundreise bezahlte (auch das Flugticket) ... genau so eine, die sie bekamen! ... während ich nie eine bekam. Also, scheiß auf sie. Und scheiß auch auf Hank Schwartz. Hank Schwartz (das mieseste Wortspiel, das ich je hörte), einer von zu vielen Promotern, die in diese Sache involviert sind, der an der 55. Straße West einen Laden mit dem Namen Video Techniques betreibt und der möglicherweise, ich hoffe es, seinen letzten Kampf promotet hat, und der mit Mobutu auch eine Nummer aufgezogen hat, die sie Festival-in-Zaire nannten, als Akronym FIZ, wie in Filzlaus,[25] und der jeden beschissen hat ... und warum grinst du mich in der Lobby des Intercontinental einfach nur an, du Orwell'scher schwartzer Bastard, wenn ich dich frage, wo mein Flugticket nach Hause ist? Falls ich hier jemals rauskommen sollte, Motherfucker, dann schleife ich

[25] Im Original: »FIZ, as in fizzle« (fizzle = fool). Das Festival »Zaire '74« wurde im Gegensatz zum Kampf nicht verschoben und fand Ende September statt. Headliner der dreißig Bands waren u.a. James Brown, Miriam Makeba, Bill Withers. Jeffrey Levy-Hinte hat 2009 aus dem Material von Leon Gast mit der Festival-Musikdoku *Soul Power* die Ergänzung zu dessen Oscar-ausgezeichneter Zaire-Kampf-Ali-Doku *When We Were Kings* veröffentlicht.

dich am Ohr zum Times Square und prügle die Scheiße aus dir raus, weil du weißt, dass ich dir den von diesem Magazin ausgestellten Barscheck über 1283.- amerikanische Dollar gegeben habe, womit ich als Fluggast für eine Rundreise eingetragen war, und du hast ihn genau dann und dort mitgehen lassen, nämlich in der 55. Straße 39 West, New York City, um 11:07 am 16. September 1974. Du beschissener Truthahnarsch!

Klar, ich würde diesen Truthahngeiern niemals erklären, warum die Nachtwächter tatsächlich ihr Feuer machen. Ich würde ihnen eine falsche Spur geben, ihnen sagen, es wäre dazu da, um die Moskitos abzuschrecken, Sie wissen schon, Malaria. Der tatsächliche, wahre Grund für diese Feuer war, dass sie die Ndokes unter Kontrolle halten sollten.

Bodini Brown ist ein Ndoke, oder glaubt einer zu sein. Bill McMurray, der Sparringspartner, der seinen Ellenbogen in George Foremans Auge rammte und damit die Verschiebung des Kampfs verursachte, weiß, was ein Ndoke ist, weil er eines Nachts einen eine ganze Nacht lang in seinem Zimmer im Intercontinental hatte, der den armen Bill mit seinem Hin- und Hergehen aus tiefem Schlaf weckte, endlos wanderte er von der Tür zum Fenster. Auch ich weiß über Ndokes Bescheid. Es sind furchteinflößende Dinger. Sie suchen dich nachts heim, und wenn du überleben willst, musst du wachbleiben. Wenn du schläfst, wird dir ein Ndoke einen Knüppel über den Schädel ziehen und dich wegschleppen, und dann wirst du für immer seinen Befehlen unterworfen sein.

Harold Conrad, der in der Verfilmung von Schulbergs *Schmutziger Lorbeer* von Humphrey Bogart dargestellt wurde, war einmal, als der Film abgedreht und er der Star von Hollywood war, zu einem edlen Dinner eingeladen worden. Und eines Tages begegnete er dann zufällig in einem Restaurant Bogart und Lauren Bacall, die in einer Sitzecke saßen, und nachdem er zehn Drinks runtergestürzt hatte, um sich sowas wie mexikanischen Mumm anzutrinken, ging er zu Bogart rüber, um sich bei Bogart zu bedanken, dass er ihn so wundervoll charakterisiert hatte. Bogart hörte sich diese Peinlichkeit kurz an, sah Conrad in die Augen und sagte: »Warum verschwindest du nicht und fickst dich selbst.« Harold Conrad macht es immer noch Spaß, diese Story zu erzählen, obwohl sie vor vielen Jahren passiert ist, was allein schon die Tatsache beweist, dass Bogart nicht mehr viel herumkommt. Harold Conrad sagt außerdem, dass es ihn nicht kümmert, wenn ich erwähne, dass ich mit ihm dort drüben die ganze Zeit mit Rauchen und Bangi-Bangi beschäftigt war, obwohl ich ihn immer wieder warne, dass er mit Boxen seinen Lebensunterhalt verdient und es in diesem Geschäft viele Lahmärsche gibt, die solche Sachen missbilligen. Wobei ich glaube, dass Angelo Dundee einen Scheiß drauf gibt, denn er ist cool. »Was passieren wird, das passiert eben«, sagt Angelo. Und da haben wir also Budd Schulberg, der in der Nacht an die Tür eines bärtigen schwarzen Mannes hämmert und italienisch spricht. »Angelo? Angelo?«, sagt er dauernd … weil er in eine Falle will, in der keine Echsen sind. Aber wenn ich Harold Conrad warne, dass es vielleicht keine gute Idee ist, ihn zu verpfeifen, dass er Marihuana raucht, dann ist alles, was er sagt: »Es ist okay, ich hab's dir schon gesagt. Ali ist wieder an der Spitze. Und ich bin im Spiel.« Harold bittet mich allerdings, sein wahres Alter nicht zu erwähnen, obwohl er, wie Howard Cosell in seinem Buch schreibt, wie in seinen Vierzigern aussieht, tatsächlich jedoch in seinen Sechzigern ist. Du bist durchgeknallt, Harold … aber du bist mein wichtigster Mann.

Hier ist Lucian K. Truscott IV an der Schreibmaschine. Ich bin gerade mit einer Tüte Gebäck und einem neuen, aufregenden Water-Pic Shower-Gel in die Wohnung zurückgekommen und fand Cardoso erstarrt an seiner Schreibmaschine hinten im Arbeitszimmer, zusammenhanglos irgendwas von Ndokes murmelnd, Ndokes wären auf dem Tisch, auf seinen Schultern, erstarrt vor Angst. Vorhin kam ein Anruf des Chefredakteurs der *New Times*, und mir ist klar, dass ich jetzt hier übernehmen muss. Bei Cardosos Unterlagen habe ich das verstümmelte Transkript eines Mitschnitts gefunden, der vor vielen Monden in Zaire mit Cam Morton für Radio Nairobi gemacht wurde. Wenn ich mich richtig erinnere, hat mir Cardoso erzählt, dass Morton der Typ war, der beim Kampf diese Congo-Marihuanaplätzchen dabei hatte, also vielen Dank, Cam, Baby, ich weiß, wenn William jetzt hier an den Tasten wäre, ich bin mir sicher, dass er dich segnen würde. Um die Zeit zu füllen, bis ich Cardoso wieder herschaffen kann, hier ein Interview mit Harold Conrad.[26]

»Ich kam gerade zu der Zeit nach New York zurück, als sie den zweiten Johansson-Patterson-Kampf vorbereiteten.[27] Promoter und Geldgeber des Kampfs war der berühmte Anwalt Roy Cohn. Hatte keine Ahnung vom Boxen. Sie wussten, dass ich im Boxgeschäft mitgemischt hatte und baten mich um Unterstützung, und ich stieg als Publicity-Chef ein. Es war ein gigantischer Erfolg. Der Kampf brachte 900.000$ an Eintrittsgeldern und drei Millionen Dollar aus den Live-

[26] Was nur wie ein literarischer Cardoso-Trick aussieht, wird vom bekannten US-Autor Truscott im 19. (Cardoso-)Kapitel seines Autobiografie-Blogs sozusagen anders beleuchtet: »Bis zum Tag, an dem ich sterbe, werde ich die Story« über den Kampf »nie vergessen.« Den Anfang habe er sogar immer noch genau im Kopf, »hauptsächlich deswegen, weil ich derjenige war, der ihn für Cardoso getippt hat, als er auf dem Bett in einem Zimmer im Chelsea Hotel lag, kurz nachdem ihm ein Zahn aus dem Mund gefallen war. Er klagte, er sei das Opfer eines Fluchs, der in in Kinshasa über ihn ausgesprochen worden sei, von irgendjemandem oder irgendetwas, das er dunkel als ›Ndoke‹ beschrieb. Er war nicht in der Lage, etwas zu tippen, deshalb übernahm ich den Job.« Mehr dazu hier im Nachwort von Klaus Bittermann, Truscott in voller Länge: dyingofabrokenheart.wordpress.com

[27] Der im Juni 1960 stattfand.

Übertragungsrechten, was in jenen Tagen, als ein Dollar noch ein Dollar war, eine Menge Geld war.«

(Der Zaire-Kampf machte weltweit zwischen acht und zehn Millionen Dollar, inklusive allem, also mit allen Nebeneinnahmen; Mobutu hatte etwa zwanzig Millionen Dollar ausgegeben, inklusive der infrastrukturellen Verbesserungsmaßnahmen für die Hauptstadt Kinshasa, wie Straßenbeleuchtung und Zebrastreifen; folglich machte er Miese, was für Cardoso in Ordnung geht; die ursprünglichen Erwartungen beliefen sich auf bis zu fünfundsiebzig Millionen Dollar Bruttoeinnahmen).

Conrad: »Dann organisierten wir den dritten Johansson-Patterson-Kampf, bei dem Patterson seinen Titel verteidigte. Und jetzt war der Titelkampf – der Ali-Frazier-Kampf jener Tage – Patterson gegen Liston angesagt. Liston war in jener Zeit ein etwas seltsamer Typ, war sehr schwierig, mit ihm umzugehen, deshalb schickten sie mich nach Chicago, um ihn zu treffen. Sie sagten zu mir: ›Du fährst rüber und machst ihm mal seine Knaststreifen weg.‹ Also fuhr ich nach Chicago und traf Sonny. Er machte mir eine Höllenangst beim ersten Mal, sagte, ich solle abhauen, also ging ich eben spazieren, hing die nächsten ein oder zwei Tage in der Nähe herum. Dann ging ich runter in die Hotellobby und kaufte ein paar von diesen magischen Zaubertrick-Gimmicks … eine Glühbirne, die man in der Hand hält … und plötzlich fängt sie zu leuchten an. Ich ging rauf und holte sie nonchalant heraus. Liston interessierte das total, und das hat irgendwie das Eis gebrochen. Und natürlich hat er Patterson in Chi ausgeknockt,[28] war eine große Promotion. War zu der Zeit mit 6,8 Millionen Dollar die Rekordsumme. Das war in jenen Tagen eine Menge Geld. Ich hatte alle diese langhaarigen Schreiber reingezogen … Norman Mailer, Schulberg, James Baldwin, Ben Hecht … sie alle waren da. Und am Ende feierten wir eine riesige Siegerparty in der Villa von Hugh Hefner.[29]

Am Morgen nach dem Kampf gab es eine große Abschlusspressekonferenz; fünfhundert Jungs, die alle ihren Abgabetermin haben, warten darauf zu hören, was der Champion zu sagen hat. Und plötzlich sehe ich, dass Norman Mailer auf dem Stuhl von Liston sitzt. Norman hatte seit einigen Tagen einen im Kahn und hörte nicht auf, mir zu erzählen: ›Ich hab da ‘ne Idee – ich möchte direkt nach dem Kampf zu den Zeitungsleuten sprechen.‹ Alles, was die Presse dazu sagt, ist: ›Verschwinde, du Penner.‹ Also lief ich los, sehe, dass Liston in der Tür steht und darauf wartet, anfangen zu können. Wer ist dieser Hurensohn, der da vorne in meinem Stuhl sitzt? Er hat sechs stämmige Cops an seiner Seite, und das sind Chicago-Cops, denen ist es egal, wem sie eins über-

[28] 25. September 1962
[29] Gründer und Herausgeber des *Playboy*-Magazins.

ziehen. Ich also wieder zurück und sagte: ›Norman, du verschwindest jetzt besser von hier. Bitte, tu mir den Gefallen.‹ Er sagte: ›Fick dich, ich verschwinde nicht.‹ Also wandte ich mich an die Cops und sagte zu ihnen: ›Ich bitte euch, Kumpels, rührt ihn nicht an, geht einfach hin und schnappt euch den Stuhl!‹ Also gehen sie hin und tragen Mailer raus wie so einen Maharadscha, mit einem dämlichen Ausdruck im Gesicht. Und jeder einzelne der Presseleute buht ihn aus. Damit konnte die Pressekonferenz endlich anfangen. Plötzlich vom Ende des Raums eine Stimme: ›Ich möchte mit dir reden, Sonny.‹ Es ist wieder Mailer. Sonny sagt: ›Hey, du bist betrunken, du Penner.‹ Das hat die ganze Pressekonferenz gesprengt. Und Sonny hat sogar ein gewisses Verständnis für Betrunkene, weil er selbst ein schwerer Trinker war.

Es gibt viele Ähnlichkeiten zwischen Liston und George Foreman. Auch in Sonnys letzten Jahren habe ich mich öfter auf den Weg gemacht, um ihn zu besuchen. Foreman hing oft bei ihm herum, er war sein Idol, sogar bis zu dem Punkt, was Sonnys Todesangst vor Nadeln betraf. Er hasste es, wenn er genäht werden musste. Und auch Foreman hat sich hier geweigert, seine Augenbraue nähen zu lassen. Was die normale Prozedur ist, wenn du einen derart bösen Cut wie diesen abbekommen hast.

Und er versuchte, Sonnys schlagfertige Antworten zu imitieren. Sonny hatte einen sehr guten

Sinn für Humor. Der Junge hier versucht ihn wirklich nachzumachen.

Ich glaube, Ali hat heute einen viel härteren Schlag als früher. Du stellst einen Kerl, der ein für Verletzungen anfälliges Auge hat, vor Ali mit diesem Jab. Er hat ein ziemliches Problem, weil Ali diesen fulminanten Jab hat. Er hat allen diesen Jungs einen Cut verpasst. Nach seinen beiden Kämpfen gegen Ali sah Fraziers Gesicht aus, als wäre er von einer Dampfwalze erwischt worden. Ernie Terrell, sein Auge hing praktisch heraus. Chuvalo, nach der sechsten Runde machte er beide Augen zu. Wenn er mit seinem Jab durchkommt, wird er dieses Auge aufschlitzen. Das ist es, was das Boxbiz ausmacht. Wer weiß? Er ist wahrscheinlich der beste Fighter, gegen den Foreman je kämpfen musste. Ali ist ein merkwürdiger Mann. Ali baut sich auf, wenn es einen Anlass gibt. Irgendwas Mystisches umgibt ihn. Er greift sich irgendwas von dort unten, und wenn er irre wird, ist er ein harter Bursche. Wenn er irre wird, hat er eine furchtbare Wut. Aber irgendwie reagiert er auf den Anlass. Ali ist ein Meister der Psyche. Das hat er mit Liston gemacht. Aber du musst wissen, wie's geht. Es wird nicht vererbt oder gelehrt. Muhammad hat's drauf.

Ich habe Muhammad kennengelernt. Der nächste Titelkampf ist der große Kampf in Miami mit Liston und Muhammad, der damals Cassius Clay hieß. Er war gerade Muhammad Ali geworden, als die Vorbereitungen für den Kampf dort unten anliefen. Was den Promotern eine Höllenangst machte. Jesus, was soll ich denn dort im Süden mit einem Moslem anfangen? Sie wollten den Kampf absagen, weil Malcolm X[30] Clay indoktrinierte. Also dementierte ich sofort, dass er ein Moslem sei. ›Macht ihr Witze?‹ Du weißt schon. Und sie sagen: ›Was soll das, willst du mich verarschen? Was macht er denn mit Malcolm X jeden Tag?‹ Ich sage: ›Wenn ich's schaffe, dass Malcolm X die Stadt verlässt, geht's euch dann besser damit?‹ Yeah, sagen die Promoter. Also ging ich zu Malcolm und erläuterte ihm die Situation. ›Sieh mal, Malcolm‹, sagte ich, ›wenn du die Stadt nicht verlässt, verliert dein Junge die Chance auf den Titelkampf und das Geld und alles, deshalb halte ich's für eine gute Idee, wenn du dir ein bisschen die Beine vertrittst.‹ Er sagte, du hast recht, kein Problem, und reiste ab. Und weiter ging's mit dem Kampf. Die Wetten standen ungefähr bei zehn-zu-eins auf den Sieg von Sonny. Von fünfhundert setzten nur zwei Burschen auf Muham-

30 War einer der Anführer der afroamerikanischen Bürgerrechtsbewegung, stand gegen den gewaltfreien Kurs von Martin Luther King (»Wer hat jemals von zornigen Revolutionären gehört, die gemeinsam mit ihren Unterdrückern im Park ihre nackten Füße in Seerosenteiche baumeln lassen und Gospelgesängen und Gitarrenmusik und Reden wie Kings ›I have a dream‹ lauschen?«). Vorsitzender der Nation of Islam, ehe er 1964 seine eigene Organisation Muslim Mosque Inc. gründete. Wurde 1965 bei einem Attentat erschossen, zumindest einer der Attentäter war Nation of Islam-Mitglied. Die erwähnten Ali-X-Gespräche hatten ein gutes Jahr zuvor stattgefunden.

mad. Und Muhammad schlug ihn nieder und gewann den Titel.

Auch da hatten wir einen Rückkampf, in Boston. Liston trainierte wie die Hölle. Er war in der Bestform seines Lebens. Er wollte sich den Titel wirklich zurückholen. Und Muhammad war auf seinem Höhepunkt. Der Kampf war ausverkauft, ein Riesengeschäft mit den Live-Übertragungen. Der Kampf war auf einen Montag angesetzt. Am Freitag habe ich fünfhundert Presseleute bei einer Cocktailparty. Jemand kommt reingestürmt und verkündet, Muhammad sei im Krankenhaus. Was ich natürlich nicht glaubte. Du hörst diese Geschichten zehnmal am Tag, man hat ihn niedergeschossen, oder er ist tot. Ich überprüfte es, und dort war er, eingeliefert mit einem Leistenbruch.

Der Kampf ist abgesagt. Wir mussten ihn um sechs Monate verschieben. Wir kamen nach Boston zurück. Wir arbeiten uns wieder durch denselben Kram, aber jetzt ist Liston ein sehr müder Mann. Er hat seinen Kampf im Training für den davor verloren. Aber er macht die ganze Prozedur pro forma mit. Und jeden Tag versucht der Bezirksstaatsanwalt von Boston, der ein großer Boxfan ist, der beim ersten Mal nie auch nur ein Wort gesagt hatte, uns auf's Neue irgendwas anzuhängen, zerrt uns vor Gericht, Geldbußen, fickt uns mit solchen Sachen ...

Ich bekam den Tipp, dass Bobby Kennedy dachte, Roy Cohn, sein Erzrivale aus den alten Mc-

Carthy-Tagen,[31] würde den Kampf finanzieren, was er nicht tat. Und Kennedy forderte den Bezirksstaatsanwalt auf: ›Schaff den Kampf aus Boston raus, geh den Typen auf den Wecker, mach ihnen Ärger.‹

Das ging so weiter, bis ich schließlich entschied, dass diese Typen fähig wären, bis zum letzten Tag abzuwarten und uns dann die Tour zu vermasseln. Die Eintrittsgelder kümmern mich nicht. Wir hatten das Ding im ganzen Land am Laufen. Es musste an diesem Tag stattfinden. Deshalb verlegte ich es rauf nach Maine in eine Kleinstadt namens Lewiston. Nein, ich musste dorthin und mir das Okay des Gouverneurs holen.

Also fuhr ich rauf und traf den Gouverneur, Reed, und sagte zu ihm: ›Es ist ein bedeutendes Ereignis für den Staat Maine.‹ Er sagte: ›Beantworten Sie mir nur eine Frage, wird es ein guter Kampf werden?‹ Und ich sagte: ›Euer Ehren, einer der größten Kämpfe aller Zeiten.‹

Er dauerte eine Minute und vierzehn Sekunden. Und danach war Muhammad absolut etabliert.

Und danach promotete ich den Kampf in Dublin mit Blue Lewis, der eine phantastische Promotion

[31] Beide waren seit 1952 Berater des Kommunistenjägers Senator Joseph McCarthy. Robert F. »Bobby« Kennedy war unter seinem Bruder John F. Justizminister und wurde als Präsidentschaftskandidat im Juni 1968 bei einem Attentat erschossen.

für Dublin war. Dann kam die Militär-Sache[32] und er steckte in großen Schwierigkeiten. Ich habe drei Jahre lang versucht, ihm eine Lizenz zu besorgen und schaffte es nicht. Schließlich bekam er in Atlanta wieder eine. Wir versuchten ihm eine Lizenz zu besorgen, damit er gegen Frazier kämpfen konnte. Und Yank Durham, der Manager von Frazier, sagte: ›Nein, die ganze Zeit erzählst du mir irgendwas, jedesmal, wenn du mich anrufst, du hast die Lizenz in diesem Staat bekommen, und in jenem Staat, und du hörst nicht auf, uns damit auf die Nerven zu gehen. Lass ihn gegen irgendjemand anderen kämpfen, um zu beweisen, dass er kämpfen darf.‹ Also machte ich kehrt und erklärte Ali, es gibt keinen Kampf gegen Frazier. Und er sagt, wo ist'n das Problem. Und ich hatte den Geistesblitz mit Jerry Quarry, damals die Nummer zwei der Herausforderer, ein weißer Kerl, ein weißer Ire. Perfekt. Ich rufe Muhammad an und sage: ›Statt Frazier du und Quarry in Atlanta.‹ Er sagt: ›Das ist großartig. Ein Kriegsdienstverweigerer-Nigger kämpft gegen einen Weißen aus Irland, das wird eine Menge Tickets verkaufen.‹ Es war eine höllenmäßige Promotion. Es war eine großartige Promotion. Und damit ging's los mit den Kämpfen. Ein Ali-

[32] Ali verweigerte den Militärdienst, mit berühmten Statements wie »Ich habe keinen Grund, gegen den Vietcong Krieg zu führen, kein Vietcong hat mich je als Nigger beschimpft«, und sein Titel und die Kampflizenz wurden einkassiert.

Frazier-Kampf. Es war ein Fest, Ali auf dem Weg zu begleiten … ein wunderbarer Typ.

Hör mal, lass mich mal eine Sache klarstellen. Die Leute glauben, dass jeder Kampf, der je stattgefunden hat, eine abgekartete Sache gewesen wäre, dass Liston sich kaufen ließ zugunsten von Ali. Ich will dir mal was über Schwergewichts-Champions erzählen. Nach dem ersten Liston-Clay-Kampf behaupteten viele Leute, Liston hätte sich kaufen lassen. Ich war nach dem Kampf bei Sonny zuhause. Er hatte den ersten Cut seines Lebens abbekommen. Er war am Trinken. Er war etwas breit und ich sagte zu ihm: ›Sonny, die Leute sagen, du hast dich kaufen lassen.‹ Er sagte: ›Ich weiß, diese dreckigen Mothers…‹ Und er schwieg eine Minute, rührte sich nicht, und dann fing er zu weinen an. Stell dir einen Kerl wie Liston mit Tränen in den Augen vor. Er sagte: ›Ich will dir was sagen. Ich war mein halbes Leben lang im Gefängnis. Du weißt nicht, was es für mich bedeutet, wenn ich auf der Straße gehe und mir begegnet ein Typ, der hallo, Champ sagt.‹ Ich glaubte ihm.[33] Weißt du, eine sehr merkwürdige Sache zwischen der Öffentlichkeit und dem Boxsport ist, dass die meisten

[33] Beide Ali-Liston-Kämpfe sind, was das betrifft, bis heute umstritten, ebenso wie Sonny Listons (offiziell: natürlicher) Tod 1970 äußerst fragwürdig erscheint. Auch weil Listons jahrzehntelange Mafia-Verbindungen bzw. -Abhängigkeiten nicht umstritten sind. Vgl. Nick Tosches' Biografie *Der Teufel und Sonny Liston*.

Menschen in Amerika einen Kampf bei Live-Übertragungen oder am Fernseher verfolgt haben. Ich bin mit den Boxkämpfen in den Filmen aufgewachsen, den alten Warner Brothers-Filmen. Alle diese Humphrey-Bogart-Filme, all die Wahnsinnsfilme mit Jimmy Cagney. Es wurde nie auch nur ein Film gemacht, in dem ein Boxer nicht gekauft war oder in dem der Manager oder Promoter kein Dieb war. Das ist der allgemeine Eindruck vom Boxgeschäft. Verstehst du, es ist die Kultur. Daher haben sie ihre Ansichten über das Boxbusiness.«

Cardoso immer noch weg; hier eine weitere Aufnahme:

Es ist jetzt 2:15, 2. Oktober; ich nehme an, dass Conrad und Schulberg heute abend die Stadt verlassen konnten. Sie waren schon komplett am Durchdrehen, seit inzwischen vier Tagen hatten sie gepackt und wieder ausgepackt. Jeden Abend hatten sie damit gerechnet, das Flugzeug nach Paris zu bekommen, aber nie hatte ihnen jemand gesagt, dass sie's nicht bekämen, erst so um 20 Uhr, und der Flug geht um 22 Uhr. Heute nachmittag kam Tshimpumpus Sekretärin wieder ins Memling mit den Tickets, an denen sich seit vier Tagen nichts geändert hatte. Sie waren von der Regierung als ungültig markiert worden. Man kann Hank Schwartz dafür die Schuld geben, weil wir alle ihm das Geld dafür in New York gegeben haben. Er hatte uns gesagt, wir hätten einen Presse-Charterflug nach Zaire, aber was er uns gab, war ein regulär gebuchter Flug mit Island Airlines nach Luxemburg zum Vorzugspreis. Hippies und Rucksäcke und das ganze Zeug!! Ich saß eingeklemmt zwischen Donald Kings kleinem Bruder, der 1,93 groß ist, aber etwas schwach auf den Beinen, glaube ich, und Kings Anwalt Clarence Rogers. Ein paar Presseleute. Der Rest der Presse war am Tag zuvor nach Luxemburg geflogen und in Trier, Deutschland, gestrandet, in einem Hotel, in dem Mozart übernachtet hatte. Definitiv böses Mittelalter,[34] haben sie mir erzählt. Sie hatten ebenfalls einen Isländischen gehabt. Wo ist die gecharterte Pressemaschine? Hank Schwartz hat also 1263.- Dollar eingesammelt von ungefähr, oh, ich schätze es waren ungefähr hundert von uns, also alles vorgeschossenes Geld, in seinen Taschen, gut über hundertzwanzigtausend Dollar. Die Veranstalter von Live-Übertragungen hatten ebenfalls vorab eine Menge Geld bezahlt. Deshalb hat hier jemand Geld gemacht, neben Ali und Foreman. Und es sollte eine Untersuchung geben. Auch zur Frage, wo mein Rückflugticket ist. Warum musste mich John Daly aus der Stadt rausbringen, mein Leben retten, auf seine eigenen Kosten, wofür er später teuer bezahlen musste, während ich schon am 16. September für den Rückflug bezahlt hatte.

[34] Im Original nur ein Wort mit Wortspiel: »Mid-evil«.

Okay, Schulberg und Conrad sind also in totaler Amokstimmung, und Murray Goodman rennt ebenfalls in der Lobby des Memling herum, wie sein Sohn Bobby, der gerade erst, gegen sein besseres Wissen, aus den Staaten zurückgekehrt ist. Sie jagen hinter Tshimpumpus Sekretärin her und versuchen ihr klarzumachen, dass die Tickets wertlos sind. Keiner von uns wusste zu dem Zeitpunkt, dass Budds Ehefrau Gerry bereits mit Javits[35] Kontakt aufgenommen hatte, um Budd rauszuholen. Tshimpumpus Sekretärin haut mit den Goodmans ab, um die Tickets klarzumachen, und diesmal meinen es die Goodmans wirklich ernst. »Harold und Budd, wir werden euch rausholen«, heulen sie.

Schulberg verlangt eine sofortige Konferenz in Suite 603 des Memling. Also treffen wir uns dort, und Conrad und ich stecken tief im Bangi-Bangi (was Schulberg betrifft, kann ich nichts dazu sagen; soweit konnte ich nicht sehen), und sie sind sehr beunruhigt, was-tun, was-tun, wakadoo, wakadoo. Budd ruft seinen Mann in der Botschaft an! Conrad befiehlt mir zu verschwinden, mit ihnen aus Zaire zu verschwinden. Der Botschaftsmann kommt rüber. Können Sie sich vorstellen, was das für die Promotion bedeutete, wenn diese Story bekannt werden würde, dass Budd Schulberg, der Autor von *Die Faust im*

[35] Republikaner Jacob Koppel Javits vertrat den Staat New York von 1957-81 im Senat.

Nacken, *Was treibt Sammy an?* und des zuvor erwähnten *Schmutziger Lorbeer*, und Harold Conrad von der Botschaft gerettet werden mussten? Es würde sie garantiert versenken. *Daily News*-Titel: »Berühmter Autor, Box-Promoter / Beide bekannt als Niggerfreunde / Gefangen, gerettet von der Marines-Schutztruppe der U.S.-Botschaft in Zaire.«

Der Botschaftstyp sitzt da, Conrad kreischt mich an, mit ihnen abzuhauen, ich stecke in einer Rauchwolke. Schulberg versucht seine Frau in Long Island anzurufen, was verrückt ist, weil man noch nie von jemandem gehört hat, der es geschafft hätte, aus dem Memling einen Anruf nach draußen zu machen. Du kommst nichtmal zum Zimmerservice durch. Ich meine, ich hatte Zimmer 263, mein Telefon aber die 601. Schulberg stammelt mir etwas zu, grob wie'n Ziegenbock, graue Haare, zuckendes rotes Gesicht. »Ich verstehe, dass es gute journalistische Gründe gibt, wegen denen du hierbleiben und die Story bis zum Ende verfolgen willst. Aber denk mal eine Minute nach. Wieviele Versprechungen haben sie gemacht und wieviele davon haben sie gehalten?«, sagt Conrad. »Diese Typen machen ernst.« Alles, woran ich mich danach erinnern kann, ist, wie Schulberg sagt: »Wenn du hierbleibst, dann bleibst du auf eigene Gefahr.«

Wir fuhren mit dem Aufzug nach unten. Ich lachte und kicherte, hatte auch Angst, weil sie vielleicht recht hatten, und ich wusste, dass sie recht hatten. Wie Sie sehen, ist es nicht wirklich notwendig, fünfzig Tage und fünfzig Nächte hier zu verbringen, um zu verstehen, dass sie über eine Zukunft sprechen, die man nicht in Worte fassen kann, in der Kommunismus und Kapitalismus und Faschismus und Rassismus zusammen in einem hässlichen Dritte-Welt-Paket verpackt sind. Murray und Bobby Goodman waren nicht zurückgekommen, und wir alle standen draußen vor dem Eingang des Memling. Ich wusste nicht, ob ich versuchen sollte, mit ihnen rauszukommen oder nicht. Jemand musste hierbleiben, um über diese Geschichte zu berichten, und jemand musste hierbleiben, um dieses Pot zu rauchen, und ich glaubte auch, dass ich mich verliebt hätte, in eine Mundele-Moisse (weiße Frau). Ich hatte das Gefühl, ich würde jeden Moment zu weinen anfangen. Ich war verzweifelt. Ein Auto fuhr heran und hielt, und zwei Mundele-Männer, die mir seltsam bekannt vorkamen, kamen auf mich zu. Sie lächelten. Wer waren sie? Jesus, die beiden portugiesischen Burschen, die ich einige Abende zuvor in der Diskothek Jumbo kennengelernt hatte und mit denen ich an genau diesem Abend zum Dinner verabredet war. Ich hatte es vergessen. Und da waren Conrad und Schulberg, komplett durchgedreht vor dem Eingang des Memling, und ich musste eine Entscheidung treffen. »Viel Glück, Freunde«, sagte ich zu ihnen und sprang in das Auto. Und schon bald genoss ich ein nettes portugiesisches Abendessen, mit Tramocos und allem. Ich meine, wer hätte das denn geglaubt? Bei jemandem zuhause, privat, mit allem, was dazugehört. Ich verließ den vollkommen beknackten Irrsinn und war innerhalb von Minuten in einem friedlichen Zuhause, umgeben von Landsleuten. Sie hingen ebenfalls hier (in Zaire) fest.

Es war so übel, kann ich Ihnen sagen, dass es George Plimpton 120$ kostete, um rauszukommen. Hier steht das Flugzeug mit warmlaufendem Motor auf der Piste, Start in zwanzig Minuten, und da ist das Arschloch vom Zoll, das mit Plimpton eine *mato bicho*-Nummer abzieht (ein portugiesischer Ausdruck, der immer noch in Umlauf ist und soviel bedeutet wie Abgabe oder Bestechung, in Lingala ein üblicher, alltäglicher Begriff), dieses zehn Fuß lange Formular rausholt und sehr sorgfältig, sehr bedächtig die erste Zeile ausfüllt. Plimpton verstand, was das bedeutete, und fragte, wieviel. Nachdem er bezahlt hatte, wollte er eine Quittung, dieser verdammte Yankee! Der Zollkerl fragte ihn, ob er zurückkommen würde, was er vorhatte, weil er einer von denen war, die jetzt abflogen, um später wiederzukommen. Gut, sagte der Zöllner und fuhr sich mit der Hand übers Gesicht: »Regards mon visage.« Mehr als diese Quittung benötigen Sie nicht. Ich weiß nicht, ob Plimpton beim zweiten Mal rausgekommen ist. War dumm von ihm, zurückzukommen. Haben Sie irgendwelche Nachrichten gehört? Ist irgendjemand rausgekommen? Ist Donald King einer der Nachtwächter? Warum haben die Zeitungen diese Story fallengelassen? George Foremans Gang versuchte in letzter Minute, John Daly um eine halbe Million Dollar zu berauben.

Bitte sagt den schwarzen Leuten, dass Mobutu nicht ihr Retter ist, das ist die Hauptsache. Sie können entweder mir oder Stokely Carmichael[36] glauben. Das bleibt ihnen überlassen. Wenn jemand glaubt, ich würde diese Sache dramatisieren, soll er sich selbst ein Bild von Zaire machen. Sie verweigerten sogar Larry Merchant (der für die *New York Post* die Ärsche an den Sitzen festklebt) die Wiedereinreise, und er schrieb einiges vom freundlichsten, verständnisvollsten Zeug über dieses Land in den Vereinigten Staaten. Alles, was er getan hatte, war ein paar arme Frauen zu interviewen, die als Touristinnen für den Kampf gekommen waren und von Festival-in-Zaire um 2600$ geprellt wurden.

Eines Tages sitze ich in der Pizza-Bude, ein Laden mit 'nem Strohdach, neben dem Pool des Intercontinental, mit Big Black und diesem Flüchtling von der Brotherhood of Eternal-Love, dem von Multimillionär Tim Leary kontrollierten Vereinskonstrukt hinter LSD, der seit zwei Jahren

[36] Der Begriff Black Power geht auf Carmichael (1941-1998) zurück, der dann zum »Ministerpräsident ehrenhalber« der Black Panther Party ernannt wurde. Auf einer Linie mit Malcolm X, lehnte er jedoch eine Verbindung von Panthers mit Weißen ab und zerstritt sich mit der Party. 1969 ging er mit Ehefrau Miriam Makeba ins Exil nach Guinea.

auf der Flucht war und in Johannesburg lebte, aber diesen Jahrhundertkampf natürlich nicht verpassen wollte. Wer wollte das schon? James Earl Carpenter, Foremans Sicherheitschef, geht mit seinem Gepäck und einem Regenmantel über dem Arm an uns vorbei. »Hey, wohin geht's denn, James?« Er setzte sich an unseren Tisch und lächelte: »London.« Auf die Frage, wann er zurückkommen würde, sagte er, Dienstag oder Mittwoch. Der Kampf ist Dienstagnacht, sagte ich. Wenn du am Mittwoch zurückkommst, wirst du ihn verpassen. Er lächelte nur. Offensichtlich hatte er wichtigere Dinge im Kopf. Er dachte daran, dass er mit Leroy Jackson, Foremans zeitweiligem Geschäftsmanager, nach London flog, um ein Schulränzlein voller Geld zu empfangen, fünfhunderttausend amerikanische Dollar. Sie nahmen John Daly in die Mangel, weil sie wussten, dass sie aus Henry Schwartz oder seinem Strohmann Don King nichts rausholen könnten, oder von Risnelia, Mobutus Schweizer Strohfirma, die von Fred Weymar geleitet wird, einem in Westdeutschland geborenen Harvard-Absolventen mit Schweizer Pass und Wohnsitz in Nizza. Der Raubüberfall lief in diesem Moment ab, aber das wusste ich zu diesem Zeitpunkt nicht. Ich dachte, sie würden sich für Foreman rausschleichen, um irgendeine verrückte Medizin zu besorgen, denn bis zum Kampf waren es nur noch ein paar Tage. Aber das war Erzwingung, Erpressung. Daly wurde als Prügelknabe eingeschätzt, ist jedoch ein Selfmade-Millionär und kein Idiot. Das war der Deal: Foreman sagte, er wäre vollkommen abgebrannt, hohe Scheidungskosten und Gerichtsverfahren hätten seine Fünf-Millionen-Dollar-Börse bereits jetzt aufgefressen. Ich brauche eine halbe Million oder ich werde nicht zum Wiegen erscheinen. Das weigh-in sollte am Samstag um Mitternacht stattfinden, um es um 17 Uhr östlicher US-Zeit in der ABC-TV-Sendung *Wide World of Sports* live übertragen zu können. Wenn Foreman also nicht beim Wiegen auftauchte, würden die Leute in den Staaten verzweifelt die Hände in die Luft werfen und sagen, ah, fuck, ich werde doch keine 30 Dollar für einen Kampf hinblättern, der nicht stattfinden wird. Es würde die Eintrittsgelder aus den Live-Übertragungen, in denen das meiste Geld steckt, erheblich senken.

Okay, sagte Daly, geht nach London, und meine Männer bei Hemdale Leisure werden sich um euch kümmern. Also zogen sie los, James Earl und Leroy. Unterdessen ruft Daly seine Männer in London an und sagt ihnen, sie sollen die beiden Typen vierundzwanzig Stunden einwickeln, sie durch die Stadt schaukeln, ihnen eine schöne Zeit bereiten, dann haben wir's geschafft. Und genau das war's, was passierte. Foremans Plan misslang, obwohl er sogar Bula Mandungu als Helfer anheuern konnte, nachdem James Earl und Leroy aus London zurückgerufen hatten, um zu berichten, dass man sie über den Tisch gezogen hatte.

Das war es, worauf John Daly im Chez Nicola hinauswollte, als er sagte: »Der Kampf könnte platzen.« Es war der Abend, als John Vinocur vom Pariser AP-Büro zu Thompson, Ralph Steadman[37] und mir sagte, er würde uns auf Wes Gallaghers[38] Kosten zum Dinner einladen. Die Rechnung belief sich auf 180$ für vier Personen, als er feststellen musste, dass er ein Problem mit dem Besitzer hatte, sein Scheck wurde nicht akzeptiert und er konnte die Rechnung nicht übernehmen. Wir mussten etwas in den Topf werfen, und es kostete mich meine letzten sechs Zaire. Daly saß an einem Tisch in der Nähe und kam nach dem Dinner zu uns, um uns das mitzuteilen. Mehr als jeder andere der Promoter war Daly bereit, die Wahrheit zu sagen, weil er sich, wie viele von uns, von der historischen Bedeutung des Events dazu verpflichtet fühlte. Er wollte dafür sorgen, dass akkurat darüber berichtet wurde, und er hielt mich immer auf dem Laufenden.

John Daly hat mich aus Zaire rausgebracht. Ich verdanke ihm mein Leben, falls es immer noch meines ist und nicht das eines Ndokes oder Bulas. Diese ständig wiederkehrenden Alpträume, müssen Sie wissen. Die ganzen zehn Tage vor dem Kampf jagte ich durch Kinshasa und das

[37] Zeichner Steadman und sein langjähriger Text-Partner Thompson waren im Auftrag des *Rolling Stone* dort. Mehr dazu im Anhang.
[38] Generaldirektor von Associated Press (AP) von 1962-1976.

fünfzig Meilen entfernte N'Sele hinter Murray Goodman her und versuchte mein Ticket nach draußen klarzumachen, das dieses Magazin in bar bezahlt hatte. Murray rollte immer nur mit den Augen, steckte sich die nächste Zigarre in den Mund und sah mich an, als wäre ich aus New Bedford oder sowas. Geh zu meinem Sohn Bobby, pflegte er zu sagen. Bobby sagte dann zu mir, ich solle zu seinem Dad gehen, und ich sagte dann, das hätte ich schon getan, und er sagte, ich solle zu Booker Griffin gehen, einem Assistenten von Donald King, und Booker Griffin sagte zu mir, ich solle zu John Daly gehen, und John Daly sagte zu mir, ich solle mir keine Sorgen machen und dass er mich nicht zurücklassen würde. Ich erwischte ihn immer am Pool und störte ihn in seiner Nachmittagsruhe im Intercontinental, und wenn man das einem Mann in Zaire antun muss, ist das eine hässliche Sache.

Der Kampf kam und ging also, und ich hatte immer noch kein Ticket. Aber alle Sportschreiber hatten ihre bekommen! Und sie hatten auch nur dasselbe Geld dafür bezahlt, oder weniger! Ich weiß, dass der Vorhang jetzt fällt, weil nach jedem Kampf, egal wo, die totale Auflösung herrscht und sich niemand mehr um einen Scheiß kümmert. Was mich am meisten schmerzte war, dass ich soviel Zeit damit verschwenden musste, dem Ticket nachzujagen, und John Daly am Abend nach dem Kampf damit auf die Nerven zu gehen, als ich zu ihm sagte, John, es ist soweit!

Bring mich raus. Diese Schwanzlutscher, Goodman, Schwartz ... bring mich von hier raus! Wir sind in der Lobby des Intercontinental. Fünf Schritte weiter schimpft Bula Donald King aus. Es war eine unheimliche Szene. Ich wusste, dass jetzt der Hammer auf die Promotion niederging. Die Regierung war dabei, sich reinzuwaschen. Jemand würde bezahlen müssen, teuer. John Daly wusste, dass ich keinen Spaß machte. Jetzt kommt der verrückte Teil. Ein Offizieller von Air Zaire mit einem Walkie-Talkie kommt gerade zufällig vorbei, und Daly schnappt ihn sich und sagt: Gib meinem Mann ein Ticket nach draußen. Der Kerl will eine schriftliche Bevollmächtigung von Daly. Wir stehen direkt an der Rezeption. Daly bittet den Hotelangestellten um ein Blatt Papier und stellt die Bevollmächtigung aus, und der Kerl von Air Zaire fragt ihn, woher soll ich wissen, dass wir bezahlt werden? Daly sieht ihn fassungslos an und sagt: »Es ist so, mein Freund, nächsten Montag muss ich einen Scheck über sechzehn Millionen Dollar unterzeichnen. Wenn ich diesen Scheck nicht mit ›John Daly‹ unterzeichne, wird niemand auch nur *irgendein* Geld bekommen. Deshalb werde ich Sie nicht über dreihundert Dollar betrügen oder fünfhundert Dollar oder wieviel dieses Ticket kostet. Das geht auf Rechnung der Presse-Promotion.«

Ich hatte fünfzehn Minuten, um ins fünf Meilen entfernte Memling zu kommen und zu packen. Die Maschine ging in zwei Stunden. Die meisten

Presseleute waren in dieser Maschine, und es war wichtig für mich, mich unter sie zu mischen. Denn falls sie es schafften, mich bei der Abreise allein in die Finger zu bekommen, würden sie mein Gepäck durchsuchen und meine Aufzeichnungen finden. Ich schnappte mir ein Taxi, als im selben Moment ein anderes vor dem Inter hielt. Wer heraussprang, waren Jann … , der einzige belgische Journalist, der die Eier hatte, nach Zaire zu kommen, dessen Pass und Geld bei der Ankunft konfisziert worden waren, und Donald Atayo, ein Australier, der das Bruce-Lee-Buch geschrieben hat, das man jetzt überall sieht. Natürlich sagen sie zu mir, hey, Bill … ich muss weg, sagte ich. Und sie kapierten. Ich habe nie zurückgeschaut.

Das ist es, was wirklich am meisten wehtut. Nicht in der Lage zu sein, Good-bye zu sagen. Sie können sich nicht vorstellen, mit wievielen Leuten ich mich in fünfzig Tagen und fünfzig Nächten angefreundet habe, mit Zairois-Jungs und Europäern und sogar einigen Presseleuten, um sie dann so zu verlassen, um mit meinem Leben davonzukommen. Ich bin immer noch sauer, ich wollte mich verabschieden, ich konnte nicht einmal billige Geschenke kaufen, wie ich es vorgehabt hatte, als ich mir während der Kampfwoche von den neuen Presseleuten Geld hätte leihen können. Aber stattdessen musste ich diesem Ticket nachjagen.

Fünfzehn Minuten, um zu packen. Ich hatte ein

Pfund Congo-Blüten und -Knospen in einer Schublade in meinem Zimmer, das die Nummer 263 hatte. Ich nahm die Schublade, stieß meine Balkontür auf, schmiss das ganze Scheißding in den Hinterhof des Memling und jagte damit einem Nachtwächter einen Schreck ein, als würde ihm Jesus erscheinen. Es krachte durch einen Jacaranda-Baum runter. Der arme Scheißkerl schlief auf einer Bank. Ich hatte keine Zeit, pardon zu sagen, nichts. Ich musste auch fünfhundert Zehn-Milligramm-Ritalintabletten rausschmeißen. Und das Opium. Alles. Drogen bedeuten dir nichts, wenn dein Leben auf dem Spiel steht.

Sie schikanierten sogar George Foreman, als er abreisen wollte, zogen ihn zur Seite, Geheimpolizei, und nahmen ihn eine Stunde in die Mangel. Er wusste nicht, dass es in Zaire verboten war, zu verlieren. Die Leopards, die Fußballnationalmannschaft, schafften es durch einen glücklichen Zufall unter die letzten sechzehn Mannschaften, die in diesem Sommer in Deutschland um den Weltmeistertitel spielten. Sie wurden von Schottland mit 2:0 geschlagen und spielten als Nächstes gegen Jugoslawien. Beim Spielstand von 5:0 zog Mobutu den Stecker, und in ganz Zaire gingen die Fernsehgeräte aus. Das Endergebnis war 9:0, aber die Zairer haben den Rest der Begegnung nie gesehen. Bula, der irgendwo mit Fred Weymar in einem Hotel war, forderte, dass Weymar, als Deutscher und mit Deutschland als Gastgeberland, sich ans Telefon klemmte, um seine Regierung dazu zu bringen, das Match zu stoppen. Die Leopards verloren ihr drittes und letztes Spiel gegen Brasilien mit 3:0, und in Kinshasa erzählt man sich, dass Mobutu sein angekündigtes Geschenk, einen Volkswagen für jeden Spieler, widerrufen hat. Noch ein Beispiel, diese Vereinsmannschaft aus Ghana, Asante Kotoko FC, spielte gegen den Club aus Kinshasa, Vita FC, um den afrikanischen Titel. Das Hinspiel war in Accra und die Ghanaer gewannen mit 3:0, was bedeutete, dass sie in Kinshasa 4:0 verlieren mussten, um den Titel noch zu verlieren. Verstehen Sie, wie bei Fußball gezählt wird? Es ging um alles, den afrikanischen Titel der Vereinsmannschaften. Sie kamen also und wurden im Memling einquartiert. Und was passierte war, dass jemand den Service-Leuten den Befehl gab, nicht zuzulassen, dass den Gastspielern Flaschen mit Trinkwasser auf die Zimmer gebracht würden. Und der Bus, der sie zum Training ins Stadion bringen soll, kommt drei Stunden zu spät. Sie sind natürlich in heller Aufregung. In der Nacht bekommen alle seltsame Anrufe auf ihre Zimmer, aber Sie wissen ja inzwischen über die Telefone im Memling Bescheid. Auf die Art halten sie diese Jungs die ganze Nacht wach, und morgen müssen sie spielen. Natürlich haben sie den Hinweis kapiert und verlieren 4:0. Okay, daraus wird ein internationaler Zwischenfall, der über den Sport hinausgeht, und Ghana ist an dem Punkt, die diplomatischen Beziehungen abzubrechen. Sie gingen soweit, vom Afrikanischen Sportverband zu fordern, dass alle Mitgliedsländer das Land boykottieren sollten, aber die Angelegenheit wurde dann runtergekühlt.

John Daly ist fünfunddreißig und bewegt sich locker am Rand, es interessiert ihn nicht, im Mittelpunkt zu stehen. Sein Vater, der siebenundsechzig ist, war einer der besten Leichtgewicht-Boxer, die England je hervorgebracht hat, mit um die dreihundert Kämpfen. Sein Onkel war ebenfalls Boxer. Er ist der Typ, der mich rausgebracht hat, aber als er zwei Tage später ausreisen wollte, zerrte ihn die Geheimpolizei beiseite und sperrte ihn in einen kleinen Raum, ließen seinen Vater jedoch durch. John Daly hatte eineinhalb Millionen Dollar hingelegt, die die Anfangsphase finanziert hatten. Also wozu ihn schikanieren, huh? Er hätte einen Orden bekommen sollen, und stattdessen kann er seinen eigenen Mundele-Arsch nicht rausschaffen. Ohne seine Unterschrift würde niemand bezahlt werden, erinnern Sie sich? Die Geheimpolizei erklärt ihm also, Mobutu wolle ihn morgen sehen, und sie verlangen seinen U.K.-Pass und beschlagnahmen ihn. Daly sagt zu ihnen: Danke, aber nein, danke. Alles, was er wirklich will, ist, mit seinem Vater ins Flugzeug zu steigen, um verdammt nochmal in ein gesundes Leben zurückzukehren, zurück unter den Polarstern. Aber sie sagen, nein, es ist nicht üblich, eine Audienz bei Mobutu abzulehnen. Klar, natürlich will Mobutu Daly keineswegs treffen. Sie wollen ihm nur ein wenig verfickten Ärger machen, verstanden? Sie machen jedem verfickten Ärger. Ich versuche Ihnen zu erklären, dass ich auf dem Berg war und der Berg ein Gangster ist, dessen Name Internationale Machtgier[39] ist. Und es gibt auf der Welt kein Pot, das es wert wäre, unter solchen Bedingungen zu leben. John Daly kommt in dieser Nacht also nicht raus, aber sein Vater schon. Am nächsten Tag schrie Daly Bula an, machte ihm klar, dass dies genau die Sorte Scheiß wäre, die ausländische Geschäftsleute nicht beruhigen würde, die darüber nachdenken, in Zaire zu investieren und Mobutu dabei behilflich zu sein, all das Kupfer, Kobalt, Wolfram etc. rauszuholen und alle diese Industriediamanten zu verwerten. Die echten Diamanten, auf die Mobutu geil ist, sind bekanntlich in Angola, also kann man von ihm erwarten, dass er etwas in Richtung Angola unternimmt, jetzt, wo Portugal ihnen die Unabhängigkeit gegeben hat. Vier schwarze angolanische Gruppierungen kämpfen um die Herrschaft, und Mobutu wird sich einfach zurücklehnen, beobachten wie sie dabei draufgehen und dann die Chips einsammeln.

Am nächsten Tag, einem Samstag, kam Daly frei. Mobutu hat ihn nie getroffen. Es gab keine Audienz.

[39] Im Original: »... a gangster whose name is Intergreed.«

Foreman hatte einen Sparringspartner namens Elmo Henderson, um die vierzig, aus Reno, der mal Champion von Texas war, was auch immer das zählt, sich aber nicht daran erinnert. Das Foreman-Camp war total geschlaucht, völlig verkrampft im Vergleich mit Ali, der eine entspannte Operation leitet … und, Mann, das könnt ihr mir glauben, Ali zieht einen mächtig langen Zug, mit seinen Kampfbörsen werden muslimische Krankenhäuser und Schulen für Elijah[40] aufgebaut und er unterhält dieses große Gefolge, aber der Unterschied ist, dass das Ali-Camp den echten Sieger-Spirit hat. Angelo tippte auf einen »kayo« in der neunten. Ich bin auf einem Videoband des Fernsehsenders *Voice of Zaire*, wie ich einen TKO[41] in der siebten oder achten vorhersage, aber im Presse-Pool kneife ich und wette auf Ali mit einem TKO in der zwölften. Wir alle wussten – nein, taten wir nicht –, dass Ali nicht verlieren konnte. Er ging mit 208[42] rein, nur zwei Pfund mehr als er zehn Jahre zuvor gewogen hatte, als

[40] Elijah Muhammad (1894-1975) leitete mehr als vier Jahrzehnte die Nation of Islam, die er zu einer bedeutenden afroamerikanischen Religionsgemeinschaft aufbaute.
[41] Technischer Knockout, den der Ringrichter oder ein Betreuer aussprechen kann, wenn die Gesundheit eines Boxers nicht mehr gewährleistet ist.
[42] Hier irrt Cardoso, alle Quellen nennen 216 Pfund. Norman Mailer präzisiert in seinem Buch *Der Kampf*: »Die größte Unruhe löste an diesem Abend ein Irrtum aus. Alis Gewicht wurde mit 206 Pfund angegeben (…) Dann wurde die Ansage auf 216 Pfund korrigiert. Ein Fehler bei der Umrechnung der Kilos. Pfiffe von seiten der Presse.«

er Liston besiegte. Es war sein größter Kampf. Manolete,[43] der den Bullen stoppt. Als Foreman noch in seiner Jugendbande in Houston war, nannten ihn die Kumpels in seiner Gang Affe. Sie sagen, dass er allein drei Typen ausschalten konnte und dass sie wussten, es würde ihnen nichts passieren, wenn Monkey bei ihnen war. Wenn du in Zaire einen Zairois Affe nennst (oder Macaco, das portugiesische und zugleich Lingala-Wort), wirst du ganz sicher ins nächste Flugzeug gesteckt oder in den Knast, und wenn du in den Knast gehst, hungerst du, bis dir ein Freund oder Verwandter etwas zu essen bringt. Es ist eben nichts anderes als Portugal unter Salazar, meine ich. Aber wir alle haben uns dabei ertappt, wie wir das Wort benutzen … sogar Leute wie Henry Clark, die Nummer sechs (oder acht) der Schwergewichtsboxer der Welt (was davon abhängt, auf wessen Rangliste du dich beziehst). Eines nachts sagte sogar Big Black, ein friedlicher Junge, in dessen Herz kein Platz für Hass ist, er würde vor seiner Abreise noch einen dieser Hurensöhne niederschlagen, und alles, was ich konsterniert sagen konnte war, du meinst, du hast bisher noch keinen von ihnen umgehauen?

Der Schlachtruf überall in Zaire war »Ali, boma ye«, was in Lingala soviel heißt wie, rhetorisch gesprochen, »Ali, töte ihn«. Und Ali hat das ganze

[43] Manuel Laureano Rodríguez Sánchez (1917-1947), genannt Manolete, spanischer Stierkämpfer.

Land mit diesem Ausruf hinter sich. Was kann man da machen, überlegte Elmo Henderson, der Sparringspartner von Foreman. Und fängt an »Oye Foreman, Oye Champion, Oye George Foreman« auszurufen, was soviel heißt wie »begrüßt, hört, lauscht« und so Zeug. Irgendwie hat Elmo ein Megaphon in die Finger bekommen, ein echtes Gerät, um Massen zu kontrollieren, Metall, Chrom, sehr offiziell. Und mit diesem Ding läuft er durch Kinshasa und brüllt. Schon bevor er es hatte, war es ein Fehler, in Elmos Gegenwart Oye zu sagen; es brachte ihn für höchstens zehn Minuten zum Schweigen. Gewöhnlich schwamm er bei Tagesanbruch im Inter-Pool, und damit war es mit dem Schlaf von allen, die ein Zimmer zur Poolseite hatten, vorbei, wenn Elmo sein ödes Morgen-Oye-Gebrüll ausstieß. Eines Tages fährt er in einem Mercedes aus N'Sele zurück, in Begleitung von Donald Atayo, dem australischen Bruce-Lee-Autor. Sie haben die Stadt fast erreicht, sind in diesem breiten Ring aus Industrieanlagen am Stadtrand, als sie zu einer Menschenansammlung am Straßenrand kommen. Elmo erkennt sofort ein Publikum und stößt in sein Megaphon. »Oye Foreman, Oye Champion.« Als der Mercedes vorbeifährt, sieht Donald Atayo, dass sich die Versammlung um einen sterbenden Mann gebildet hat, Blut strömt aus seinen Ohren, er ist das Opfer eines Unfalls mit Fahrerflucht. In dieser Gegend sind alle Unfälle mit Fahrerflucht verbunden. Es steht sogar im Handbuch der U.S.-

Botschaft. Hau ab, oder du wirst Glied für Glied in Stücke gerissen. Das Auto wird demoliert, weil diese Leute noch nicht an Autos gewöhnt sind. Sie kommen frisch aus dem Dschungel, zwei Wochen. Der erste Typ, der mir das erzählte, war ein Pilot von Air Zaire. Er riet mir, sofort von hier zu verschwinden, falls ich jemals jemanden anfahren sollte. Was passierte war jedoch, dass mich eines Tages jemand angefahren hat. Ich war auf dem Weg zu Tarzans Haus, um etwas Dope zu rauchen, und dieses Auto kam aus dem Nichts und streifte mich und fuhr davon. Dann kommt dieser Typ zu mir hergelaufen. Ich dachte, es wäre der Fahrer, der nachsehen wollte, ob ich okay war. Aber es war irgendein Spinner. Er quatscht mich voll, er wäre vom Zoll, dass er seinen freien Tag hat, dass er sich vom Flughafen an mich erinnern kann ... das alles englisch gesprochen ... und er besteht darauf, dass ich mit ihm einen Trinken gehe. Ich protestiere, dass ich ein wichtiges Rendezvous habe, eine Verabredung, und danke, aber ein andermal. Okay? Schließlich kapiert er die Meldung, und als ich mich abwende, um zu gehen, meint er, gib mir fünfzig Makuta. Ich sage, hau ab und fick dich. Können Sie sich das vorstellen? Ich wurde gerade von einem Auto umgelegt und dieser Typ haut mich um einen halben Zaire-Dollar an!

Harold Conrad ruft mich regelmäßig an und versichert mir, dass ich in New York bin und dass ich sicher bin. Bin ich aber nicht. Heute ist mir ein Zahn aus dem Mund gefallen. Zum ersten Mal nach dreißig Jahren ist das passiert. Ich spuckte ihn aus, ehe meine anderen Teile auch noch verfaulten. Kann sein, dass mein Körper hinüber ist, aber mein Gehirn ist es nicht. Es ist nur so, wenn ich versuche, mir die wunderbaren Menschen ins Gedächtnis zu rufen, springt allein der brutale Bula über mein inneres Auge. Ich glaube nicht, dass irgendeiner von uns mit seinen Gedanken von dort rauskommt. Rufen Sie mal Schulberg genau jetzt an. Ich wette, er sitzt wie gelähmt vor seiner Schreibmaschine. Er weiß Bescheid. Er hat auf einem Rasen geschlafen. Er verbrachte ein paar Nächte im Memling und übernachtete privat in Binza, einem reichen Vorort, bei seinem Kumpel von der Botschaft, die die letzte große preußische Botschaft sein muss, die wir dort drüben betreiben. Sie mischen sich nie unter die Leute. Alles, was sie veranstalten, ist ein Cocktailabend für Kaukasier, und das ist ein geschlossener Kreis. Es ist die größte Botschaft dort drüben. Sie kostet uns siebenundsiebzigtausend pro Jahr für jeden Botschaftsangestellten, wenn man alle Kosten einberechnet. Unfassbar! Es ist eine Art irrer Psychoterror: Schaun Sie, was die mit der Fußballmannschaft von Ghana angestellt haben. Als die Mannschaft aus Zambia zu einem Match kam, haben sie mit ihnen dasselbe Spiel veranstaltet. Und mit den Marokkanern nicht anders. Es hat was mit Einspannen und Loslassen zu tun, Einspannen und Loslassen. Sie spannen dich immer ein ... und dann geben sie dich frei. Erst in der letzten Minute haben sie Bananen für dich, und dann ist es gut und du kannst gehen. Einer der Männer von der libyschen Botschaft sagte zu mir eines nachts im Kin-Casino, dass er ihnen nicht vertrauen könne. Also, wenn ein Araber zu dir sagt, dass er jemandem nicht vertraut, sei aufmerksam. Rufen Sie Schulberg an, er wird es Ihnen bestätigen. Mailer und Plimpton[44] könnten das wahrscheinlich nicht, weil sie jeweils am Ende ihrer Trips nur ein paar Tage hier und nur im Inter waren, Afrika nur vom Inter aus gesehen haben! Plimpton ging allerdings auf Safari, was ihn achthundert amerikanische Dollar kostete. Aber ich schätze, das hat das *Audubon*-Magazin bezahlt. Mailer, so wird behauptet, wurde im Zoo gesehen, wie er Löwen und Gazellen beobachtete, wahrscheinlich auf der Suche nach einer verrückten Metapher, wie der Löwe stets die Gazelle, aber die Gazelle gelegentlich auch den Löwen schlägt, obwohl sich in beider Kehlen Geschmeiß und Bakterien tummeln. Ich glaube jedenfalls nicht, dass Mailer und Plimpton Ihnen etwas über dieses Einspannen-und-Freilassen erzählen können. Plimpton vielleicht, weil es ihn 120$ gekostet hat, um beim ersten Mal rauszukommen.

[44] George Plimpton, Schriftsteller und 1953 Gründer der Literaturzeitschrift *Paris Review*, deren Chefredakteur er bis zu seinem Tod 2003 war. Neben Mailer der Kommentator in der *When We Were Kings*-Doku.

Beide sind großartige Burschen, sehr hilfsbereit. Mailer erklärte mir ständig, dass ich diese Erfahrung, über meinen ersten Weltmeisterschaftskampf im Schwergewicht zu berichten, nie wieder machen würde … dass es nie wieder etwas Vergleichbares geben würde, egal wieviele ich noch mitbekommen würde. Christus, der Mann hat die Vorsehung!

Aber rufen Sie Schulberg an. Er kennt das. Er hat mit den Leguanen auf dem Rasen geschlafen. Ich wette, dass er genau jetzt auf Long Island steifgefroren über seiner Tastatur hockt und weiß Gott was angrinst. Ihr glaubt, verfickt nochmal, dass ich Witze mache. Wie Larry Merchant, der neulich abends in dieser Bar sagte, er hätte Ali vier Runden, Foreman drei gegeben. Zur Hölle, welchen Kampf hat er im Garden[45] gesehen? Welche Sorte von Satellitenbildern haben die rübergeschickt? Sogar einer der Kampfrichter, der von der Elfenbeinküste, hat vier Runden unentschieden gegeben, drei für Ali. Das ist nicht das, was ablief. Es war Alis größter Kampf von allen. Er lieferte einen Zu-Null-Kampf ab. Es war, als würde der Werfer keinen Schlag zulassen, es war ein perfektes World Series-Spiel. Ich war drei Meter davon entfernt. Murray Goodman saß neben mir. Ich habe den ganzen Kampf aufgenommen, Schlag für Schlag, wie Don Dumphy. Mur-

[45] Madison Square Garden, New York, in dem der Kampf live übertragen wurde.

ray war mein Bill Corum.[46] Am Ende der ersten sprangen Dick Sadler und Sandy Saddler und Archie Moore durch die Ringseile mit einem dämlichem Grinsen in ihren Gesichtern. Foreman sah sie an, als wollte er sagen, na also, ich habe die erste Runde überstanden – er hat mich nicht umgehauen (wo man angenommen hatte, es wäre andersherum, Ali war derjenige, von dem man angenommen hatte, er würde sie nicht überleben). Schon in der ersten Runde war Foremans rechte Backe geschwollen. Während des gesamten Kampfs redete Ali ständig auf ihn ein, er schubbste und zog und trieb den großen Foreman (220 Pfund) durch den Ring, als wäre er ein Sack Zucker im Frachtraum eines Schiffs in einer Hafenbucht, nannte ihn einen Feigling und erklärte Foreman, dass Foreman der Champ war, und jetzt zeig doch mal was; schlag mich, du bist der Champ; lass mal sehen, was du draufhast, du Sissy. Ali ließ sich einfach nur in den Seilen hängen und steckte Foremans Schläge weg. Foreman konnte während des gesamten Kampfs etwa fünf oder sechs klare Treffer landen. Ali fing alles mit den Armen ab. Was Ali die ganze Nacht machte, war eine seltsame Art von telepathischem Counterpunching, er feuerte auf Foreman einen Augenblick bevor Foreman zuschlagen wollte. Er ließ Foreman wie einen Amateur dastehen. Er

[46] Populärer US-Boxkommentator, oft im Gespann mit dem zuvor genannten Don Dumphy.

war nach der vierten geschlagen. Das sagte auch Ringrichter Zack Clayton zu Ferdie Pacheco, Alis Arzt. Ich bekam's auf mein Band, dass er nach der dritten gestorben war. Sogar Murray Goodman sprach's mir auf Band: »Er ist ein geschlagener Mann.« Und die Menge – es waren zwischen fünfzehn- und achtzehntausend Leute live dabei; und nebenbei gesagt, das Stadion fasst sowieso nur um die fünfzigtausend; nur etwas größer als Fenway Park; es fasst auf keinen Fall hunderttausend; aber du musst dich an die Lügen dort drüben gewöhnen; alles, was ihnen gehört, muss das größte und beste sein, selbst wenn es sich dabei tatsächlich um den ungemütlichsten Ort handelt; Sie sollten die Ringseile gesehen haben; hingen durch wie Wäscheleinen; sie hatten nicht mal vertikale Stützen für die Seile; sie sind mit Bindschnur befestigt, das Zeug, mit dem man Pakete verschnürt; und das ist der größte Kampf aller Zeiten mit einer Zehn-Millionen-Dollar-Börse! – und die Menge brüllt: »Ali, boma ye.« Nach der fünften stand Foreman in seiner Ecke und taumelte an den Seilen ein kleines Stück in Richtung der neutralen Ecke, wo ich saß, sah mit leerem Blick in Richtung der Presse, kein Anzeichen in seinem geschwollenen Gesicht, dass er irgendetwas registriert hätte, und die Menge im fieberhaften »boma ye, Ali boma ye«-Gebrüll. Ein sehr trauriger Moment. Sein Tank war komplett leer. In der sechsten traf er nur noch die Luft, schlug zu wie eine Frau, wirklich. Seine Beine machten nach der vierten nicht mehr mit. Er hatte nichts mehr. Wusste, dass es vorbei war. Als Ali ihn in der achten niederschlug, drehte Foreman eine Pirouette, eine Spirale nach unten, und nutzte den ganzen Ring für seinen Fall, drehte sich in einer schwindelerregenden Kreisbewegung immer weiter nach unten, ein Karussell in einer Traumwelt, und als er dabei in Alis Augen sah, sagte sein Gesichtsausdruck, danke, Mann, danke, dass du ein Ende machst. Das war es, was ablief. Jetzt jammert er in Paris und L.A. und Honolulu über die Seile und den Ringboden und dass er nicht vollständig ausgezählt war. Es stimmt, er war oben, bevor er ausgezählt war. Knapp. Bei neun wacklig auf den Beinen. Aber Zack Taylor, ein weiser und humaner Mann, beendete den Kampf, tat so, als hätte er die Zehn gezählt. Verstehen Sie, weil Foreman bei einem weiteren Schlag vielleicht ernsthaft verletzt worden wäre. Sie hätten im Umkleideraum den hässlichen violetten Knoten auf seiner Stirn sehen sollen. Die unheimlichste Sorte von einem drittem Auge. Foreman hat also keinen Grund zu jammern. Er wurde vom Größten verprügelt.

Man kam danach nicht in die Umkleideräume. Fallschirmjäger mit Schlagstöcken blockierten den Weg. Als Norman Mailer seine Brille in die Tasche steckte, wusste ich, dass die Lage ernst war. Norman war schon in vielen Umkleideräumen … Ich bekam mein Einsatzzeichen von ihm. Die Fallschirmjäger schlugen nach jedem. Sie wollten nicht einmal Alis Fotograf Howard Bingham durchlassen. Es gab eben bekanntlich dieses Kommunikationsproblem …

Am 16. September um 15 Uhr Ortszeit erlitt George Foreman eine zweieinhalb Zentimeter große Verletzung im Gesicht, die sich am unteren Rand über die äußere Hälfte seiner rechten Augenbraue erstreckte. Der Verletzung ging tief, durch das äußere Bindegewebe, und durchdrang teilweise den darunterliegenden Muskelstrang. Zweihundert Meter weiter schaukelten die Hyazinthenbüschel unaufhaltsam dahin.

Nur einen Moment bevor Bill McMurray, ein achtunddreißig Jahre alter Truckfahrer aus Sacramento, der in seinem letzten Kampf vor drei Jahren in der ersten zu Boden gegangen war (gegen Earnie Shavers), seinen Ellenbogen durch Foremans äußeres Bindegewebe rammte, hatte der bekannte Ali-Gefolgsmann Bodini Brown zu ihm hochgerufen: »Du kämpfst gegen den Sohn Gottes! Mach mal was!«

Als das Blut tropfte, murmelte Foreman: »Verdammte Scheiße … gottverflucht.« McMurray sagte, es täte ihm leid, und Bodini rannte zu Alis Villa und brüllte: »Ich hab's getan! Ich hab's getan!« Er dachte, er wäre ein Ndoke, Sie erinnern sich. Aber Ali murmelte: »Jesus, jetzt hängen wir hier fest.« Und Bodini antwortete: »Ich hab's nicht getan; ich hab's nicht getan.«

Innerhalb von Minuten umstellten bewaffnete Fallschirmjäger Alis Villa und Foremans Villa.

Foreman zog bald um ins fünfzig Meilen entfernte Kinshasa und schlug seine Residenz im achten Stockwerk des Inter auf, obwohl die Regierung einen langen Maschendrahtzaun aufgebaut hatte, damit sein Hund Daggo in Sicherheit herumtollen konnte und nicht von einem Krokodil verschluckt oder von einer Giftnatter oder einer Kobra gebissen oder von einer Python verschlungen wurde. Habe ich Ihnen schon erzählt, wie irgendein Typ eines nachts in einem Haus im Stadtteil Lemba für mich diese Python-Haut ausrollte? Pergament, die längste Magna Charta, ihr Geheimnis bis heute nicht aufgedeckt. Ich habe sie berührt! Sechs Meter. Der Typ erzählte, er hätte das arme Schwein vor zwei Wochen keine dreißig Kilometer außerhalb der Stadt gehäutet, und ob ich's kaufen wollte.

Ali tönte weiter herum: »Es gibt 'nen Rummel im Dschungel, und wenn Cosell[47] rüberkommt, wird er in einem Topf gekocht.« Wovon die Regierung angepisst war, weil sie allen ihre modernen dänischen Möbel zeigen wollten und wie fortschrittlich sie waren.

Wir steckten in Luxemburg fest. Die Regierung brauchte vierundzwanzig Stunden, um herauszufinden, was sie dazu sagen sollten. Was ich damit sagen will ist, sie versuchten mit der Meldung

[47] Der populäre Sportreporter Howard Cosell hatte herablassend Alis Untergang vorausgesagt, was in Leon Gasts Dokumentarfilm *When We Were Kings* ausführlich gezeigt wird.

durchzukommen, es habe keinen Cut gegeben, verstehen Sie? Sie schickten irgendein hohes Tier von Air Zaire zum Flughafen in Lux, um uns zu bluffen, dass der Kampf weiterhin zum geplanten Termin stattfinden würde, damit wir dennoch runterflogen. Was ist denn schon ein Cut, richtig? Seine Arme sind in Ordnung, oder nicht? Und was wäre denn Foreman für ein Anführer, wenn er wegen einer aufgeschlitzten Augenbraue den Kampf absagen würde? Murray Goodman kam mit einem Anruf zu seinem Sohn Bobby in N'Sele durch, und Bobby sagte: »Flieg zurück, du hast immer noch die Wahl. Flieg zurück.« Aber einige von uns flogen weiter. Sie gaben mir ein Zimmer im Memling, Zimmer 263, und ein Telefon, Nummer 601.

Es ist so, drei Hemden, bügelfreies Zeug, ein Paar Levi's und fünf Paar Socken waschen und bügeln zu lassen, kostet im Memling fünf Zaire. Das sind zehn Dollar! Ich roch übel, klar. Die äquatoriale Hitze. Aber verglichen mit den meisten Zairois roch ich nach nichts. Kulturelle Unterschiede. Seien Sie kein Arschloch, lesen Sie da nicht irgendwas rein. Wenn man unter ihnen lebt, wie ich das tue, dann macht es keinen Unterschied. Wir sind alle Kinder Gottes. Aber, Bula, ich werde dir die Eingeweide rausreißen, wenn du nicht aus meinem Kopf verschwindest.

Nachdem ich zu Dundee in seiner Villa nach dem Kampf den Witz gemacht hatte, er hätte das Unmögliche geschafft – im Glücksgefühl von Alis

Weltmeistertitel im Umkleideraum Bula zum Lachen zu bringen –, und Kilroy mich runtermachte, weil ich schon wieder politisch geworden sei, ging ich schlafen. Ich wies Schulberg an, mich zu wecken, falls sich irgendwas ereignen sollte ... etwas in der Art, dass Ali auftauchte und sich entschloss, eine Pressekonferenz am Kamin abzuhalten. Was er auch tat, aber Schulberg hat mich natürlich nie abgeholt. Was sich als gute Entscheidung herausstellte, denn später, als ich allein aufwachte, die Tür zu Angelos Villa weit offen, die Klimaanlagen volle Pulle am Laufen, das Gebäude leer, Angelo und Ferdie Pacheco und Luis Serria, Alis schweigsamer kubanischer Masseur, in einem Flugzeug nach Miami, knapp fünf Stunden nach dem Kampf, die Villa jetzt nur noch Müll und Überreste, da wusste ich, als ich in diese Stille starrte, dass ich abhauen musste, wenn ich könnte, wenn ich an das Flugticket kommen könnte, das mir Hank Schwartz schuldete, das eine, das dieses Magazin bezahlt hatte, mit Hilfe von John Daly, meiner großen Hoffnung, meiner Weißen Hoffnung. Ich verließ die Villa und ging zu Alis Unterkunft nebenan. In diesem Moment trat er in den Sonnenschein heraus, der auf den Regen folgte – und die Regengüsse, vor denen wir uns gefürchtet hatten, waren zwei Stunden nach dem Kampf gekommen; die Barackensiedlungen, die Kinshasa umgeben, wurden weggeschwemmt; die direkte Umgebung des Stadions unter Wasser –, er trat in die Sonne und fragte mich, ob ich hereinkommen und mich eine Weile mit ihm unterhalten wollte. Wir unterhielten uns zwei Stunden, ich und Ali und zwei englische Journalisten, die dazugekommen waren. Ali hielt keine bombastische Rede, sondern war äußerst ruhig und nachdenklich und sprach von einer langen, langen Erholungspause. Irgendwo habe ich einen Mitschnitt von dieser Unterhaltung.

Kein Kampf an meinem Geburtstag, 24. September, dem ursprünglich angesetzten Kampftag, stattdessen John Daly: »Ich würde lieber all den Bullshit draußenhalten. Diese ganze Promotion wurde auf Bullshit aufgebaut und sie wird an diesem Bullshit scheitern, wenn nicht jemand auf eine sehr realistische Art darüber redet und mit diesem Geschnatter Schluss macht, wie gut jemand mit den Boxern steht und wie sie ausschließlich für ihn arbeiten werden, und mit all dem anderen Blödsinn Schluss macht und sich darauf konzentriert, diese Kampagne auf sehr professionelle Art auf den Weg zu bringen, und diese Regierung dazu bringt, zu kapieren, dass sie doppelt so hart arbeiten müssen, wenn sie irgendeinen Einfluss oder was auch immer in der Welt draußen erreichen wollen …«

Das ist der Schlüssel. Es gibt keine Welt außerhalb. Mobutu interessiert kein Einfluss außerhalb; ihn interessiert nur, den Mobutuismus zu verbreiten, indem er Zaire permanent in den Kopf von jedem implantiert, von jedem, der hier ist.

»... Im Moment ergibt es keinen Sinn. In diesem Moment, wo wir hier in Afrika sitzen, ergibt die Promotion keinen Sinn. Aber es ist der Traum jedes Promoters. Und zugleich gibt es auch eine gefährliche Entwicklung. Ich glaube nicht, dass die Verschiebung der letzte Zwischenfall ist, der in Voodoo-Afrika passieren wird. Es wird noch viele Zwischenfälle geben, bevor der Kampf stattfindet. Viele, viele Zwischenfälle. Alle lächeln immer, sind alles Freunde, weißt du ... Ich denke, sie sind ein ziemlich skrupelloser Haufen, wenn das Lächeln und die Drinks weg sind. Wenn sich George Foreman nicht die Augenbraue aufgeschlitzt hätte, wäre es die größte Promotion aller Zeiten gewesen. Mit ihm und dem Cut am Auge ist es, als hätten Mächte, die uns nicht bewusst oder nicht bekannt sind, zugeschlagen ... Ich glaube, sie können sehr hart spielen. Ich habe auf eigene Faust sehr vorsichtig mit Einwohnern von hier gesprochen, die mir sehr erschreckende Sachen erzählten. Ich glaube, sie haben einen festgeschriebenen Plan, in dem festgelegt war, dass Bula für zwei Wochen verschwinden sollte, während die Ekeltypen reinkamen und eine gewisse Verteidigungsmauer aufbauten ... in dem Sinn, dass Bula gewisse Entscheidungen traf, bei einigen von uns Vertrauen schuf, gewisse Versprechungen machte, und dann praktischerweise für zwei Wochen nach Brüssel musste, und wir hier zurückblieben und sagten: ›Also, ihr müsst wissen, wir haben eine Abmachung mit euch ... ihr habt uns dies zugesagt … ihr habt uns jenes zugesagt.‹ Und sie sagen: ›Wer?‹ Und du sagst, Bula. ›Ah, Bula ist nicht hier.‹

Also ich habe die Erfahrung im Kleinen gemacht, ich hatte eine Abmachung mit Bula, dass ein Filmteam einreisen durfte, um dann mitzubekommen, dass das Filmteam nicht die benötigten Drehgenehmigungen bekam, keinerlei Unterstützung bekam, nur ein Good-bye-Gewinke, und ihr Equipment wurde am Flughafen beschlagnahmt. Aber siehst du, das ist die hässliche Seite für die Promotion … Aber wahrscheinlich ist das die bizarrste Versammlung von Leuten, die sich je zusammengetan haben, um einen Weltmeisterschaftskampf auf die Beine zu stellen. Du hast hier eine englische Firma, eine jüdische New Yorker Firma, einen Schwarzen aus Cleveland, und du hast ein afrikanisches, semi-kommunistisches, semi-faschistisches Land … Sie haben wenig Respekt für ihre eigenen Journalisten, wenig Respekt für Wirtschaftsjournalisten, und unglücklicherweise kennen sie den Unterschied zwischen Sport und Geldwirtschaft nicht. Deshalb bekamen wir, als wir uns gestern zu einem Lunch trafen, bei dem Sport das Thema sein sollte, einen zweistündigen Vortrag vom Minister für politische Orientierung, ein Goebbelstyp, darüber, wie wunderbar Mobutu, sein Kabinett und seine Politik ist. Das mag schon stimmen, aber es hat einen äußerst schlechten Geschmack.«

Kaum geschlafen diese Nacht. Bin mir sicher, dass ein Ndoke im Raum war. Ich habe das heute Tarzan erzählt, als ich herkam, um ihn zu einem Coca-moko zu treffen (moko bedeutet »eins« in Lingala, also eine Coke). Nur zwei Kilo Kokain kamen innerhalb eines Jahres in dieses Land, und es wird sehr streng kontrolliert, sagt mein Apotheker. Heute hat mich Tarzan auf meinem Zimmer angebrüllt. »Ich bin ein Connoisseur, was das Rauchen angeht«, sagt er, »ich werde das nicht rauchen!« Ich erkläre ihm, in Christi Namen, Mann, das ist Dope zum Arbeiten; es ist das, was ich seit Wochen versucht habe aufzutreiben! Aber jetzt bin ich wirklich straight. Ich bin sauber, außer dass ich pro Tag fünfzig Milligramm Ritalin einnehme, eine Menge Hustensaft in Verbindung mit einem Vitamin-C-Stoff namens Antigrippine Midy, außerdem Mebucaine-Pastillen. Letzte Nacht habe ich eine Valium genommen, ich war so … konnte ohne Valium nicht schlafen. Ich habe eine Menge Schmerzkiller. Ich habe Dolviran. Und ich habe Indocid gegen meine Gonorrhoe. Und ich habe immer noch Chloroquin, meine Malaria-Pillen … immer noch zwei Prostaphlin-Kapseln (250 mg) gegen die Gonorrhoe, die bösartigste Belastung der Welt. Ich habe letzte Nacht in meinem Zimmer auch angefangen, den Scotch niederzumachen, zum ersten Mal seit Wochen fühle ich mich genügend auskuriert, um das zu tun.

Ich betrachte jetzt von meinem kleinen Balkon

im Memling die geballten Wolken, den Kopf voller Bangi-Wolken, und mir fällt auf, dass sich die Wolken in der äquatorialen Windstille nicht bewegen. Es sind graue Sturmwolken und sie hängen um 18 Uhr einfach da, als wären sie an den Himmel geklebt ... und Stare wirbeln herum ... und da erhebt sich flatternd ein Geier ... oder sind diese Stare Fledermäuse? Ja, es sind Fledermäuse. Jetzt sehe ich, wie Hunderte von ihnen rauskommen, ein kleiner blauer Fleck hinter den hängenden Wolken. Unten, an der Rückseite des Memling, entladen sie einen Regla-Bierlastwagen, klappernde Flaschen mit dunklem Bier ... Urin wieder dunkel geworden, Hepatitis. Immer noch ziemlich schwach, aber stark genug, mir den Scotch zu schnappen. Bierflaschen klappern unten, Regla-Bier, nicht zu verwechseln mit Skol, Simba (der Löwe auf Swahili) oder Tembo, was Elefant bedeutet. Noch vor wenigen Monaten wusste kein Mensch, wo dieses Zaire liegt. Zuerstmal musstest du rauskriegen, wo das war. Und heute, so weit weg davon, jetzt in Kin. Es ging Schritt für Schritt runter, von Zaire, Afrika, nach Kinshasa, Zaire, nach la ville (wo die Mundeles leben) und la cité (wo die Zairois leben), bis in die Stille der nächtlichen Straßen, über meinem Kopf die flatternden Fledermäuse. Wer wusste, was ihn erwartete? Denn schließlich war das mal Belgisch-Kongo gewesen. Ich erinnere mich an den Tag, als Kilroy zu einem Soldaten in N'Sele ständig wiederholte, ich wäre ein »Portugiese, Portugiese« (und dabei zeigte er ständig auf mich), und der Wächter immer wieder sagte: »Raus, raus.« Ich gab mir alle Mühe zu lächeln und bei diesem Gag mitzuspielen, aber ich kann mich nicht erinnern, ob der Soldat lächelte. Tat er's oder nicht? Ich weiß es nicht. Ich war so voll auf Bangi, wer weiß – es macht dich manchmal wirklich dicht. Aber vielleicht ist Bangi der beste Weg, um ... einfach draufzukommen ... weil dies doch ohnehin eine so gottverdammt unwahrscheinliche Story ist. Der größte Kampf aller Zeiten. Denke jetzt darüber nach, wie ich aus der Boxwelt herausfalle und in meine eigene private Kinshasa-Welt gehe, durch die Straßen spaziere, die immer ruhigen Straßen. Kin, eine seltsame Kombination aus dreckig und sauber. Kot und Müll in den Straßen. Andererseits ungeteerte Gehwege an den Straßen, die jeden Morgen gerecht werden. Und die Luft ist besser als die Luft in San Francisco, die für unsere Begriffe sauber ist. Meine Brillengläser sind der Test. Ich putze sie nur einmal am Tag, und das nicht, weil sie schmutzig sind, sondern weil von der Hitze Spuren von Schweiß und Tropfen von meiner Stirn drauf sind. Es ist jetzt sehr ruhig, die ganze Zeit. Äquatoriale Ruhe; sehr, sehr ruhig. Bald wird die Flut kommen, die Rückkehr der Presse ... was das Ende dieser friedlichen Zeit unter den Kinois bedeutet. Macht mein Herz traurig. Eine kleine Eidechse an der Wand im Korridor heute abend. Eine zerquetschte Ratte auf dem Boulevard 30

Juin. Ich habe im Memling keine Ratte gesehen seit meiner ersten Nacht, vor so langer Zeit. Dieses Kongo-Wasser ist gut für meine Haare. Aus der Wasserleitung. Mein Skalp ist in guter Verfassung und mein Haar fängt an zu strahlen und zu glänzen. Die Sonne verleiht ihm diese hübsche kastanienbraune Farbe, die ich damals als Kind hatte, wenn ich in der Sonne war. Drei Abende hintereinander allein zu essen ist langweilig. Meine eigene private Kin-Welt. Sie kommen nie bis hierher, die Zuschauermassen, die für den Kampf hier sind, und deshalb falle ich auch aus ihrer Welt. Gehe durch die Straßen. Ist hier sicherer als in Philadelphia an einem Sonntagnachmittag. Ist hier in einer Samstagnacht sicherer, sogar in la cité. Wie viele Nächte bin ich in der Passage, die den Weg zur Diskothek Jumbo abkürzt, an der verstaubten, zerbrochenen Schaufensterscheibe vorbeigekommen, die immer so stehen bleibt; die Bettler, die Nachtwächter, die Krüppel, die Dreißig-Etagen-Banken, die beiden Typen, die in der Passage in derselben Kiste schlafen … sind sie ein Liebespaar oder Nachtwächter oder vielleicht einfach Brüder? Und die Preise für Hemden in der Passage – fünfzig Dollar – und der Aufzug ins Jumbo rauf, und Cassius Clay Senior, Cass, der mir dort erzählt, dass wir hier beide Weiße sind und zusammenhalten müssen, Amerikaner, und dass wir uns den Weg raus aus diesem Laden vielleicht freikämpfen müssen. Die langen Korridore im Memling und die Lobby, in der Belgier einst Kaffee getrunken haben und darüber sprachen, dass sie etwas wegen dieser vergewaltigten Nonnen in Stanleyville (heute Kinsangani) unternehmen müssten und diese Rebellion niederschlagen ... mein spezieller Aufzug nur für mich, so wenige Hotelgäste sind jetzt hier, dass er mir Antworten gibt. Und die Boys vom Zimmerservice in ihren weißen Schürzen, wie sie in ihren Badelatschen aus Gummi oder barfuß herumtappen und mich Papa nennen. N'golo, der Presse-Sous-Chef, der jeden Morgen wie ein Zuchtmeister durch die Lobby schreitet, dieser Bastard. Und wie ich mit Ali zusammen seine Villa verlasse, viele Stunden nachdem Angelo Dundee schon auf dem Weg nach Miami war, nach dem Kampf, der Sieger Ali, der Größte der Welt, überquert seinen Rasen, mit einem Stock aus Teakholz mit eingearbeitetem Elfenbein in der Hand, entdeckt eine Eidechse, eine kleine Eidechse, und zerstampft sie mit seinem Stock, stößt zu, stößt zu, schweigend, und der Schwanz der Eidechse trennte sich von ihrem Körper und zuckte elektrisiert, spastisch, in der Sonne. Ah, Muhammad, wenn du die Rechte der Eidechsen nicht respektierst, wer soll dann den Boxsport befreien ...

Cardoso vs. Mailer

Ein Jahr später

Ich lebte in einem Mietshaus am schmalen Ausläufer des Golden Gate Parks und war fast pleite. Ich hatte ungefähr achtundzwanzig Dollar Bargeld und ein paar Dosen Sardinen. Kein Alkohol, keine Drogen, keine Spielsachen. Nicht genug damit, Tim Page hatte mal wieder keine Wohnung, und es gab für mich keinen anderen Ausweg, als ihm die Couch im Wohnzimmer anzubieten. Allerdings verdiente sich Page die Bleibe. Jeden Morgen zwischen 8:30 und 8:45 hörte er, wie ich mich im Bett umdrehte, ein Zeichen, dass ich wach wurde. Ein paar Minuten später kam er dann in mein Schlafzimmer. »Tasse Kaffee, Partner?«, fragte er und stellte sie auf den Nachttisch. Ah, dampfender, heißer, schwarzer Kaffee! Das Ticket für den Tag! Und auch eine Schachtel Picayune-Zigaretten lag dabei, ein Feuerzeug und ein sauberer Aschenbecher. Plus ein Exemplar des *Chronicle*, das der Frühaufsteher Page schon an der Ecke gekauft hatte. Ich setzte mich dann im Bett auf, rauchte Picayunes, trank Kaffee und las die Zeitung. Das gute Leben!

Eines Nachmittags klingelte das Telefon. Es war Warren Hinckle, der kürzlich die Chefredaktion für Francis Ford Coppolas journalistisches Experiment übernommen hatte, das vom Pech verfolgte, aber schön produzierte Magazin mit dem Titel *City of San Francisco*.

»Wie ich das sehe, bist du der einzige Mann der Welt, der qualifiziert ist, Norman Mailers Buch über den Kampf in Zaire zu besprechen«, brüllte er.

»Das ist korrekt«, stimmte ich zu.

Er sagte, er würde einen Boten mit einem Exemplar des Buchs rüberschicken.

»Wann brauchst du's?«, fragte ich.

»Gestern«, sagte er.

Foto: Edward Early

Der Erfinder von »Gonzo« Bill Cardoso

Aus den Anfängen einer neuen journalistischen Ära

Klaus Bittermann

Er war einer der »unterhaltsamsten, komplexesten, originellsten und gerissensten Autoren und freien Denker seiner Generation« hieß es in einem Nachruf, und Warren Hinckle, Herausgeber u.a. von *Ramparts* und *Scanlan's Monthly*, hielt Bill Cardoso für einen »hellen Kometen. Er war ein verdammt guter Schreiber. Er war ein Guter unter seinen Zeitgenossen.« Und der Schriftsteller Lucian K. Truscott nannte ihn einen »deadbeat-hipster-mongo-journo-master«, und was immer damit gemeint war, es hörte sich nicht so an, als wolle er Bill Cardoso damit desavouieren.

Dennoch hat Bill Cardoso nicht viele Spuren hinterlassen und wird vor allem mit der Erfindung des Begriffs »Gonzo« in Verbindung gebracht, den Hunter S. Thompson als Markenzeichen für sein Schreiben benutzte. 1937 geboren, arbeitete er nach einem Studium des Journalismus beim *Boston Globe Magazine* als Kolumnist und gehörte schon in der sechziger Jahren zu denjenigen, die in ihrem Job mehr suchten als nur konventionelle Berichterstattung und die für die Einführung des subjektiven Faktors plädierten. Dieses Genre nannte Tom Wolfe *New Journalism* und es gab eine Menge Autoren, die anders schreiben und die die Bastionen des traditionellen Journalismus schleifen wollten. Bill Cardoso gehörte dazu. Er hing zusammen mit Al Hemway und Larry Novick in der Jazz- und Folk-Subkultur-Szene Bostons herum und lief im »Sunset Marquis« Leuten wie Kinky Friedman und seinen Jew Boys, Iggy Pop, Geoff Muldaur und Ben Keith über den Weg. Zwei seiner alten Freunde, Budd Schulberg und Harold Conrad, traf Cardoso in Kinshasa wieder. Harold Conrad war die Figur, die Budd Schulberg als Vorlage für sein Buch »They Harder They Fall« (»Schmutziger Lorbeer«) diente, die Geschichte des glücklosen Sportjournalisten Eddie Willis, der von einem zwielichten Box-Promoter engagiert wird. Conrad war tatsächlich mal Sportjournalist. In Florida hatte er »PR« für den »Boss aller Bosse« Meyer Lansky gemacht, für den Mobsterboss Bugsy Siegel gearbeitet und später die ersten drei Kämpfe von Cassius Clay promotet.

Cardoso schlug sich Anfang der siebziger Jahre mehr schlecht als recht als freier Autor durch und arbeitete u.a. für den *Rolling Stone*, *Harper's Weekly*, *New Times*, *Ramparts* und für das kurzlebige, von Francis Ford Coppola herausgegebene *City of San Francisco*. Und von diesem Magazin wurde Cardoso 1974 beauftragt, über die World Series der Baseball-Liga zu berichten. Das war zu der Zeit, als Patty Hearst von der Symbionese Liberation Army (SLA) entführt wurde. Cardoso kam mit einigen Geschichten und mit einer Spesenrechnung von 1700 Dollar nach San Francisco, die Coppola sich zu zahlen weigerte. Daraufhin entführte Cardoso den Honda von *City Magazine* und gab bekannt, das Auto sei von der Zenger Liberation Army (ZLA) entführt worden, benannt nach John Peter Zenger, der im 18. Jahrhundert für die Pressefreiheit eingetreten und der einzige Zeitungsmann war, der in der US-Geschichte wegen Aufruhr eingesperrt wurde. Als diese »Entführung« an die Öffentlichkeit kam und sogar die TV-Nachrichten aufgrund der SLA-Analogie darüber berichteten, machte Coppola einen Rückzieher und zahlte.

Als Cardoso für den *Boston Globe* 1968 in New Hampshire unterwegs war, traf er im Pressebus Nixons zum ersten Mal Hunter S. Thompson und begrüßte ihn mit den Worten »Hey, you're the cat who wrote the Hell's Angels book«. Dann rauchten sie einen Joint und eine lebenslange Freundschaft begann. In einem Brief warnte Hunter S.

Thompson Bill Cardoso im gleichen Jahr eindringlich, sich bloß nicht mit Rauschgift erwischen zu lassen, zu dem Cardoso eine Neigung hatte, aus der er kein Geheimnis machte. Es würde einen »wilden Aufschrei gegen die ›drogenverrückte Presse‹« geben. »Du kannst beinahe alles machen – schlage Nixon auf einer TV Pressekonferenz völlig betrunken ins Gesicht, missbrauche kleine Kinder im öffentlichen Park hinter Büschen –, die meisten Herausgeber würden über so etwas kichern ... aber hey, wenn Du nur einmal nebenher mit ›Dope‹ in Verbindung gebracht wirst, dann bist Du erledigt.«

Und damit war auch ein wesentliches Thema in Cardosos Leben angeschlagen, denn als er für die *New Times* nach Kinshasa reiste, um über den Jahrhundertkampf Muhammad Ali gegen George Foreman zu berichten, war er dem sogenannten »Kongo weed« sehr zugetan und das nicht nur deshalb, weil er laut Lucian K. Truscott die kleine Gemeinde von Amerikanern, die sich im Land aufhielt, mit dem Stoff versorgte, um seinen unfreiwilligen sechswöchigen Aufenthalt in Kinshasa zu finanzieren. Als nämlich der Kampf verschoben werden musste, weil sich George Foreman beim Training verletzte, zahlte die *New Times* kein Rückflugticket und Bill Cardoso musste bis zum nächsten Kampftermin in Kinshasa ausharren. Und das Kongo weed war offenbar verdammt stark. Als Cardoso mit seinen Freunden Schulberg und Conrad davon rauchte, verbrachten sie anschließend fünfzehn Minuten im Aufzug des Hotels ohne zu bemerken, dass niemand von ihnen auf den Knopf nach oben gedrückt hatte, jedenfalls befanden sie sich immer noch im Erdgeschoss.

Auch Ralph Steadman flog nach Kinshasa, um Hunter S. Thompsons Geschichte, die er für den *Rolling Stone* schreiben sollte, zu illustrieren. Aber Thompson brachte außer Spesen nichts zustande, weil es ihm zweifelhaft schien, »zwei Niggern dabei zuzusehen, wie sie sich gegenseitig die Hucke vollhauen. Wozu sollte das gut sein?« Paul Perry, von dem dieses Zitat stammt, hat das Kinshasa-Abentcuer in der Thompson-Biographie »Angst und Abscheu. Das sagenhafte Leben des Hunter S. Thompson« ausführlich gewürdigt. Diese war zwar nicht autorisiert, aber Perry hatte Steadman interviewt, und der war nach seiner Landung über die Zustände in Kinshasa schockiert. »In einem russischen Taxi, das keine Stoßdämpfer zu haben schien, wurde er vom Flughafen Kinshasa zum Intercontinental Hotel befördert. Unterwegs sah er nur niedrige Gebäude aus schiefergrauem Beton, passend zu der Farbe des Himmels. Magere Tiere durchwühlten den Abfall, der überall herumlag, und ein paar erschöpft aussehende Gestalten trotteten über die aufgesprungenen Bürgersteige.«

Und vollends schockiert war er, als er im Hotel feststellen musste, dass man weder ein Zimmer für ihn reserviert hatte, noch einen Hunter S.

Thompson oder ein Magazin mit dem Namen *Rolling Stone* kannte. Er traf dann Thompson und Cardoso in der Hotellobby. Sie nahmen ihn als erstes in einen Nachtclub mit, weil Cardoso am Abend vorher seine Kreditkarte dort vergessen hatte. Wieder fuhren sie mit einem russischen Taxi an zerfallene Gebäude vorbei, an Autowracks am Straßenrand und »an großen Schlangen, die aus den Kloaken krochen«. Als sie ankamen stellte Cardoso fest, dass es die Bar nicht mehr gab. »Da ist nichts mehr. Keine Stühle, keine Sessel, kein Alkohol, nicht einmal die Theke. Alles weg. Nur die Wände stehen noch.«

Thompson hatte auf seinem Zimmer, das er mit Steadman teilte, große Mengen Kongo weed, das er meist zusammen mit Cardoso rauchte. »Der nannte Hunter nur noch ›M'Bele‹ und spielte am liebsten mit den kleinen schwarzen Holzhänden, die Hunter an einer goldenen Kette um den Hals trug. Wenn sie in der Hotelbar laut wurden und andere Gäste sie anstarrten, griff Cardoso nach der Kette, schüttelte die geschnitzten Hände und belegte die Gaffer mit einem Fluch. Dabei lachte er wie eine Hexe.«

Der offenbar exzessive Konsum des Kongo weed ließ die von Cardoso ausführlich beschriebene willkürliche Politik der offiziellen Stellen gegenüber den Journalisten zu einer riesigen Paranoia anwachsen. Die Angst, nicht mehr aus Zaire herausgelassen zu werden und in den Knast gesteckt zu werden, war allerdings durchaus begründet, denn Cardoso wurden Pass und Rückflugticket abgenommen. Und Hunter S. Thompson als König im »Königreich der Angst«, wie seine Autobiographie heißt, heizte die paranoide Stimmung noch an, indem er von einem »Riesentorpedo« erzählte, das auf der anderen Seite des Flusses, in Kongo-Brazzaville, gebaut und demnächst auf Kinshasa abgefeuert werden würde. Außerdem war Thompson fest davon überzeugt, dass in Kongo-Brazzaville sich noch jede Menge Nazi-Kriegsverbrecher herumtrieben und trat im Intercontinental als Martin Bormann auf und unterschrieb auch seine Schecks mit diesem Namen. Noch Jahre nach dem Afrika-Aufenthalt wurde Cordoso, wie Lucian K. Truscott erzählt, von den afrikanischen Gespenstern heimgesucht. Danach schrieb er immer seltener für Zeitungen.

Bill Cardoso wird immer wieder als Erfinder des »Gonzo«-Markenzeichens genannt, und zwar so sehr, dass ihm auch dies schon streitig gemacht worden ist, obwohl er selbst vermutlich am wenigsten Wert auf die Urheberschaft gelegt haben dürfte. Jedenfalls schrieb er an Hunter S. Thompson, als 1970 dessen Kentucky-Derby-Artikel in *Scanlan's Monthley* erschienen war: »Vergiss all den Mist, den du bisher geschrieben hast. Das hier ist es, das ist purer Gonzo. Falls das der Anfang ist, mach weiter so!« Dieser Artikel war für Bill Cardoso der Beginn einer neuen journalistischen Ära, der beispielhaft zeigte, wie eine Reportage aussehen sollte. In diesem Sinne schrieb Cardoso selbst »Gonzo«, ohne für sich das Markenzeichen zu reklamieren. Er war immer dann am besten, schrieb Lucian K. Truscott, wenn er so »wild und hektisch schrieb wie ein Mann auf der Flucht«, und vor allem das Zaire-Stück versprühte eine »kribbelig-nervöse Paranoia«.

1979 übernahm das »Webster's New Twentieth Century Dictionary« den Begriff: »Adjektiv (Herkunft unbekannt): bizarr, hemmungslos, bezeichnet besonders eine Form von subjektivem Journalismus, daher Gonzo-Journalismus.« Cardoso präzisierte Gonzo als einen Begriff, der im irischen Slang in Boston denjenigen bezeichnet, der nach einem Saufgelage als letzter aufrecht am Tresen steht. Gonzo war für Hunter S. Thompson, der in dieser Kampfsportart häufig genug als Sieger hervorgegangen war, genau der richtige Ausdruck, um gierig »wie ein ausgehungerter Hund« danach zu grapschen und »wegzurennen« (Ralph Steadman). »Gonzo ist das, was ich mache«, lautete nunmehr die knappe Antwort auf die immer wieder gestellte Frage, was damit gemeint sei.

Von Douglas Brinkley, dem Herausgeber der Briefe von Hunter S. Thompson, gibt es noch eine andere etymologische Deutung des Wortes Gonzo. Und die bezieht sich auf ein Instrumentalstück »des legendären Pianospielers James Booker aus New Orleans« mit dem Titel »Gonzo« aus dem Jahre 1960. Das war Cajun-Slang, der in der Jazz-Szene des French Quarter gesprochen wurde, und bedeutete roh spielen, bzw. to play unhinged, zerrüttet, verwirrt, aus den Angeln heben. Und als Hunter S. Thompson von *Pageant* 1968 den Auftrag bekam, über den Wahlkampf von Nixon zu berichten, teilte er sich mit Bill Cardoso ein Zimmer in einem Motel in New Hampshire, in dem er unaufhörlich James Bookers »Gonzo« auf seinem Kassettenrekorder spielte, was Bill Cardoso so entnervte, dass er Hunter S. Thompson nur noch den »Gonzo-Mann« nannte. Zwei Jahre später lieferte der »Gonzo-Mann« mit seinem Kentucky-Derby-Artikel das dazugehörige Stück »Gonzo-Literatur«.

1984 erschien Bill Cardosos einziges Buch: »The Maltese Sangweech & Other Heroes«, eine Auswahl von Artikeln, die zwischen 1973 und 1984 in verschiedenen Zeitungen erschienen waren, u.a. über einen blutigen Krieg zwischen verfeindeten Gangs in China Town in San Francisco, über eine brutale Entführung von Kindern und über den 1982 verstorbenen Bildhauer Korczak Ziolkowski, der das Mount Rushmore Monument in den Black Hills in South Dakota geschaffen hatte. Nur das Zaire-Stück ist nie in einer Zeitschrift veröffentlicht worden.

In der Umschlagsklappe des Buches sieht man einen verschmitzt lächelnden Mann mit Brille, Schnurrbart und einem Hut mit breiter Krempe. In der Autorennotiz steht, dass er nationale Reputation für seine Berichterstattung des McCarthy-Wahlkampfs 1968 erlangte und dass er in

Kalifornien lebt und ein Buch schreibt, das dann jedoch nie erschien.

Die besten Geschichten waren die, die Bill Cardoso nie niederschrieb. Es waren die Geschichten, die er bei einem Drink, spät in der Nacht im Hotel oder im Auto erzählte, behauptete jedenfalls sein Freund Lucian K. Truscott: »Er lebte ein Leben, das reich genug war, um ein halbes Dutzend literarische Karrieren zu füllen, und wenn ich mir die Freiheit nehmen darf: Bill Cardoso war ein nationaler Schatz, ein Kleinod. Man kann nur hoffen, dass man das eines Tages bemerken und jemand aufzählen wird, was wir alles verloren haben seit Bill Cardoso, Harold Conrad und Al Hemway ein Taxi genommen haben.«

2006 starb Cardoso an Herzversagen.

Aus der Reihe Critica Diabolis

21. *Hannah Arendt,* Nach Auschwitz, 13,- Euro
45. *Bittermann (Hg.),* Serbien muss sterbien, 14.- Euro
55. *Wolfgang Pohrt,* Theorie des Gebrauchswerts, 17.- Euro
65. *Guy Debord,* Gesellschaft des Spektakels, 20.- Euro
112. *Fanny Müller*, Für Katastrophen ist man nie zu alt, 13.- Euro
129. *Robert Kurz*, Das Weltkapital, 18.- Euro
139. *Hunter S. Thompson*, Hey Rube, 10.- Euro
153. *Fanny Müller*, Auf Dauer seh ich keine Zukunft, 16.- Euro
154. *Nick Tosches*, Hellfire. Die Jerry Lee Lewis-Story, 16.- Euro
160. *Hunter S. Thomspon*, Die große Haifischjagd, 19.80 Euro
162. *Lester Bangs*, Psychotische Reaktionen und heiße Luft, 19.80 Euro
171. *Harry Rowohlt, Ralf Sotscheck*, In Schlucken-zwei-Spechte, 15.- Euro
173. *einzlkind*, Harold, Toller Roman, 16.- Euro
174. *Wolfgang Pohrt*, Gewalt und Politik, Ausgewählte Schriften, 22.- Euro
176. *Heiko Werning*, Mein wunderbarer Wedding, 14.- Euro
178. *Kinky Friedman*, Zehn kleine New Yorker, 15.- Euro
184. *Guy Debord*, Ausgewählte Briefe. 1957-1994, 28.- Euro
185. *Klaus Bittermann*, The Crazy Never Die, 16.- Euro
188. *Ralf Sotscheck*, Tückisches Irland, 14.- Euro
189. *Hunter S. Thompson*, The Kingdom of Gonzo, Interviews, 18.- Euro
192. *Heiko Werning*, Schlimme Nächte, 14.- Euro
193. *Hal Foster*, Design und Verbrechen, Schmähreden, 18.- Euro
196. *Wiglaf Droste*, Sprichst du noch oder kommunizierst du schon? 14.-
197. *Wolfgang Pohrt*, Kapitalismus Forever, 13.- Euro
198. *John Gibler*, Sterben in Mexiko, Drogenkrieg, 16.- Euro
200. *Wolfgang Pohrt*, Honoré de Balzac, 13.- Euro
203. *Cederström & Fleming*, Dead Man Working, 13.- Euro
204. *Robert Kurz*, Weltkrise und Ignoranz, Essays, 16.- Euro
205. *Wolfgang Pohrt*, Das allerletzte Gefecht, 13.- Euro
206. *Peter Laudenbach*, Die elfte Plage. Zur Kritik des Touristen, 13.- Euro
207. *einzlkind*, Gretchen, Prima Roman, 18.- Euro
208. *Wiglaf Droste*, Die Würde des Menschen ist ein Konjunktiv, 14.- Euro
209. *Lee Miller*, Krieg. Mit den Alliierten in Europa 1944-45, 24.- Euro
210. *Berthold Seliger*, Das Geschäft mit der Musik, 18.- Euro
211. *Friedhelm Kändler*, Die Abenteuer der Missis Jö, 14.- Euro
212. *Franz Dobler*, A Boy Named Sue, 14.- Euro
213. *Klaus Bittermann*, Alles schick in Kreuzberg, 14.- Euro
214. *Heiko Werning*, Im wilden Wedding, 14.- Euro
215. *Hartmut El Kurdi*, Revolverhelden auf Klassenfahrt, 14.- Euro
216. *Ingo Müller*, Furchtbare Juristen, 22.- Euro
217. *Marcel Cohen*, Raum der Erinnerung. Tatsachen, 16.- Euro
218. *Ralf Sotscheck*, Türzwerge schlägt man nicht, 13.- Euro
219. *Wiglaf Droste*, Der Ohrfeige nach, 14.- Euro
220. *Bill Cardoso*, Rummel im Dschungel, Ali gegen Foreman, 12.- Euro
221. *Frédéric Ciriez*, Ein Sapeur in Paris. Roman, ca. 20.- Euro

http://www.edition-tiamat.de